Ralf Kramp
Malerische Morde

**Ralf Kramp**, geboren 1963 in Euskirchen, lebt und arbeitet als Karikaturist, Krimiautor und Veranstalter von Krimi-Erlebniswochenenden in Kerpen in der Eifel. Für sein Krimi-Debüt »Tief unterm Laub« erhielt er 1996 den Eifel-Literatur-Förderpreis. Seither erschienen sechs weitere Bücher bei KBV, unter anderem der historische Kriminalroman »... denn sterben muss David« (2001), seine Kurzkrimi-Sammlung »Kurz vor Schluss« (2001) und die Reihe um den kauzigen Helden Herbie Feldmann.
Außerdem ist er zusammen mit Manfred Lang Herausgeber der umfangreichen Eifel-Schauergeschichtensammlungen »Abendgrauen« (1999) und »Abendgrauen 2« (2001).
Mit Manfred Lang zusammen wurde er für den »Rheinischen Literaturpreis Siegburg 2002« nominiert.
Im Jahr 2002 erhielt er den Kulturpreis des Kreises Euskirchen.

Ralf Kramp

# Malerische Morde

KBV
KRIMI

1. Auflage August 2002
2. Auflage November 2002
3. Auflage Oktober 2005


Telefon: 0 65 93 - 99 86 68
Fax: 0 65 93 - 99 87 01
www.kbv-verlag.de
E-Mail: info@kbv-verlag.de
Umschlagillustration: Ralf Kramp
Redaktion: Dorothee Steuer, Sankt Augustin
Satz: Volker Maria Neumann, Köln
Druck: Grenz-Echo AG, Eupen
www.grenzecho.be
Printed in Belgium
ISBN 3-934638-59-7

vermummt und würdig vor der Türe polizei
poch poch die ganze türe auf herr schmidt
die morgenstund ist faul schlaf geht entzwei
ziehn sie sich an mein herr sie müssen mit

ach gott herr kommissar im warmen überrock
ach panik was denn warum darum wie
hos hemd und handschuh hut und havelock
gamaschen augenblick den parapluie

[...]

ihr schwarzes blut herr schmidt ihr ganzes schwarzes blut
wird nun vergossen ohne viel gefühl
der henker hackt präzise haupt und hut
vom körper und geht hin zum kartenspiel

*(aus: Ror Wolf »Hans Waldmanns Abenteuer«*
*Haffmanns, Zürich 1985)*

Für Gabi, Lisa, Laura, Leo und Martin.
Und für Susanne und Klaus Gieseler.
Manche Stationen sind fast so schön wie das Ziel.

Ich danke euch.

# Prolog

Wenn sie durch das Wasser glitt, fühlte sie sich gerade so, als würde sie schweben. Die Kälte zog an ihr vorbei und unter ihr her, spülte mit schlürfenden Geräuschen zwischen ihren gespreizten Fingern hindurch, wenn sie weit mit ihren Armen ausholte und durch das morgendunkle Wasser nach vorne schoss.

Ohne Brille sah sie so gut wie nichts. Aber sie musste ja auch nichts sehen, sie fühlte mit dem ganzen Körper. Sie schmeckte das kühle Wasser, atmete seinen reinen Duft mit jedem Luftholen tief ein. Sie genoss das Perlen der Luftblasen auf ihrer nackten Haut.

Irgendwann ertasteten ihre Hände den schlammigen Grund des Ufers und sie hörte auf zu paddeln. Ihre Füße fanden den Boden, und sie ging in die Hocke. Sie rieb sich prustend mit den flachen Händen über das Gesicht und presste mit langsamen, kräftigen Bewegungen das Wasser aus ihrem Haar. Dann richtete sie sich auf und spürte, wie der kühle Wind die Härchen auf ihrem nassen, nackten Körper aufrichtete. Die Knospen ihrer Brüste wurden fest.

Jede ihrer Bewegungen schickte platschende Geräusche durch die morgendliche Stille über dem Wasser.

Vogelstimmen aus dem Wald, ihr Plätschern ... sonst nichts.

»Hermann?«, flüsterte sie fast, um die Idylle nicht zu zerstören. Beinahe hatte sie Angst vor dem rauen Klang ihrer eigenen Stimme. »Es ist herrlich. Es ist wirklich herrlich. Auch wenn du es nicht glaubst. Irgendwann wirst du es auch ausprobieren, und dann wirst du sehen, wie unglaublich toll das ist.«

Sie sah seine Gestalt am Ufer. Schemenhaft. Er stand bei der Staffelei. Sie ertastete das Handtuch, das sie sich auf einem Ast bereitgelegt hatte.

»Ich brauche meine Brille.« Während sie begann, sich abzutrocknen, trat sie von einem Fuß auf den anderen. Das Handtuch glitt zwischen ihre Beine, sie rieb ihre Schamhaare trocken. Vor ihm brauchte sie sich nicht zu genieren.

»Hast du gehört, Hermann, ich brauche meine Brille. Warum sagst du nichts? So fasziniert?« Und als er nicht antwortete: »Hm?«

Sie stellte sich provozierend hin, spreizte die Beine ein wenig, zeigte sich ihm in all ihrer Nacktheit.

Er kam auf sie zu, ganz plötzlich. Sagte kein Wort. Sie lächelte ihn herausfordernd an. Dann drehte sie sich langsam um die eigene Achse und erlaubte ihm, sie von allen Seiten zu betrachten.

Er machte ein paar Schritte ins Wasser. Oh, Mann, der Alte war wirklich verrückt. Sie machte ihn verrückt, und dieses Gefühl erregte sie.

Spielerisch entfernte sie sich von ihm und lockte mit dem Zeigefinger. Doch er war viel schneller, als sie es ihm zugetraut hätte. Er sagte keinen Ton, sie hörte nur sein Schnaufen, das sich unter das Geräusch des kühlen Wassers mischte, das bei jedem Schritt um seine Beine sprudelte.

Als er plötzlich mit dem Arm ausholte, hielt sie mit ihren Bewegungen inne.

Der erste Schlag traf sie wie ein Donner. Ein berstendes Geräusch brandete durch ihr Hirn. Sie taumelte zurück. Er hatte etwas in der Hand gehabt! Etwas Hartes, mit bizarren Formen! Die Finger ihrer Rechten krampften sich um das Handtuch.

Ihre Füße pflügten unbeholfen rücklings durch das seichte Wasser. Sie ruderte mit den Armen und versuchte instinktiv, das Gleichgewicht zu halten.

»Nicht, Hermann ... nicht ...« Sie stammelte mit schwerer Zunge. Der Schlag hatte sie fast betäubt. Sie begann zu winseln.

»Was soll das ...?«

Da traf sie der nächste Hieb. Ihr Kopf explodierte. Es riss sie von den Füßen. Ihr Körper schlug rückwärts ins Wasser. Ein Sturm von Blut und Luftblasen umtobte sie, als sie untertauchte. Wasser schoss in ihre Lungen und hinderte sie am Schreien, die Hände griffen ins nasse Nichts. Sie hielt immer noch krampfhaft das Handtuch fest.

Dann traf sie der letzte Schlag.

# Erstes Kapitel

Das Café T in Bad Münstereifel schickte sein warmes Licht auf das Pflaster der Wertherstraße hinaus. Der Abend neigte sich seinem Ende entgegen.

»Nun ja, wie soll man den beschreiben? Das war eigentlich ein stinknormaler Typ. Nicht besonders groß, nicht besonders klein ...« Theo versuchte, mit der flachen Hand eine Größenangabe zu veranschaulichen. Der italienische Kellner hatte den Kopf schiefgelegt und die Arme verschränkt. Er stand am Tisch der beiden Gäste und dachte angestrengt nach, aber er konnte sich nicht erinnern.

»Wie gesagt, ich glaube, er ist nach München gegangen, bevor du hier angefangen hast«, warf Harald ein und trank an seinem Hefeweizen.

Aber Theo gab nicht auf. »Blond war er. Die Haare nicht besonders kurz, aber auch nicht besonders lang.«

»Und deine Erklärung ist nicht besonders schlecht, aber auch nicht besonders gut«, grunzte Harald. »Er ist jetzt schon drei Jahre weg von hier, und da kann Domingo ihn gar nicht kennen.«

»Dann hast du was verpasst, Domingo.« Theo zuckte mit den Schultern. »Er war wirklich ein verrückter Typ.«

Sie saßen an einem kleinen, runden Tisch in der Nähe der Theke und erinnerten sich an alte Zeiten.

Und irgendwann waren sie bei Herbie Feldmann gelandet. Bei einem weder lang- noch kurzhaarigen, weder sehr großen noch extrem kleinen Zeitgenossen, der vor Jahren Stammgast in diesem Bistro gewesen war.

»Wasse war sso besonders an ihm?«, fragte der Italiener.

Die beiden guckten sich an, und ein Grinsen huschte über ihre Gesichter. Theo tippte sich zuerst an die Stirn.

»Er hatte nicht alle Meisen in der Trommel.«

Harald relativierte das: »Wenn man Herbie Feldmann auf der Straße begegnete, hätte man vermutlich keine Notiz von ihm genommen. So im Vorbeigehen sah er völlig normal aus.«

»Also weder besonders ...«, wollte Theo ergänzen, aber Harald winkte ab.

»Er hat eine Tante hier wohnen. Hier in Bad Münstereifel. Sie ist irrsinnig reich. Villa oben an der Windhecke und so. Ein unangenehmes, altes Reptil, diese Frau. Der Haken an der ganzen Sache ist folgender: Eigentlich gehört ein ordentlicher Teil dieser Kohle unserem Herbie. Sie ist sein Vormund, denn, wie Theo schon ganz richtig erwähnte ...«

Theo tippte sich wieder an die Stirn und kicherte.

»Wasse warr denn sso verruckt an ihm?« Domingo holte einen Stuhl vom Nachbartisch und klemmte ihn sich zwischen die Beine. Das Bistro hatte sich weitestgehend geleert, der sägende Gesang von Patricia Kaas hing zwischen dem Kitsch und den Kostbarkeiten, die von der Decke baumelten, die Wände pflasterten oder den Weg versperrten.

»Nun ja«, Harald beugte sich vor, setzte eine konspirative Miene auf, bemerkte dann, dass sein Bierglas leer war, und nachdem Domingo diesen Missstand behoben und sich wieder zu ihnen gesetzt hatte, erklärte er: »Herbie Feldmann hatte einen neben sich gehen.«

»Wie?« Die Redewendung erschloss sich dem Italiener nicht auf Anhieb.

»Er war nie wirklich allein, verstehst du?« Theo redete wieder mit den Händen und malte eine imaginäre Gestalt in die Luft neben seinem Stuhl.

Harald präzisierte es: »Herbie Feldmann war von dem Wahn besessen, es sei ständig jemand in seiner Nähe. Und das seit seiner Jugend. Zur Erklärung muss man vielleicht dazu sagen, dass er nach dem Tod seiner Eltern einen Nervenzusammenbruch hatte und in psychiatrischer Behandlung war.«

»Es soll ein großer, fetter, bärtiger Kerl gewesen sein«, sagte Theo. »Er hieß Julius.«

»Ja, und wenn man Herbie auf der Straße oder im Café begegnete oder beim Einkaufen, dann konnte es durchaus sein, dass er gerade in ein ernstes Gespräch mit seinem unsichtbaren Begleiter vertieft war. Mit Julius eben.« Harald reckte sich auf seinem Bistrostuhl und unterdrückte ein Gähnen.

»Manchmal stritten sie«, fiel es Theo ein. »Ich habe Herbie mal am Geldautomaten in der Bank getroffen, und da hat er versucht, sich an seine Geheimnummer zu erinnern, während Julius fortwährend irgendwelche Zahlenketten runterplapperte.«

Harald verschluckte sich. »Du hast Julius gehört?«, fragte er entgeistert.

»Quatsch. Herbie hat es mir hinterher erzählt. Er musste sich eine neue Geheimnummer geben lassen, weil er ganz durcheinandergeraten war.«

»Im Lebensmittelgeschäft Melder haben sie sich mal gezankt, ob die Melonen reif sind oder nicht.« Dann seufzte Harald. »Aber das ist ja alles längst vorbei.«

Domingo erhob sich langsam wieder. Die Geschichte schien zu Ende zu sein. »Wießo vorbei, eh?«

Theo stopfte seine Pfeife nach und berichtete: »Herbie hat die Frau fürs Leben gefunden. Nina, seine Cousine. Mit der ist er nach München abgehauen, weil seine Tante, der alte Drachen ... aber das ist eine andere Geschichte. Jedenfalls habe ich gehört, dass Julius seither nicht mehr aufgetaucht sein soll. Unser Herbie ist jetzt ein ganz normaler junger Mann. Vielleicht normaler als Harald ...«

Harald kicherte. »Ich weiß. Weder besonders klug, noch besonders ...«, plötzlich hielt er inne und starrte wie vom Donner gerührt auf die Eingangstür.

Der Kellner und Theo folgten verwundert seinem Blick.

Im Eingang stand ein junger Mann. Er war nicht besonders groß, noch war er außerordentlich klein. Er war blond und trug die Haare weder kurz noch lang. Er trug einen hellgrauen Sommermantel und in der Rechten hielt er einen großen Koffer.

»Na, so eine Überraschung. Das sind doch Theo und Harald«, sagte Herbie mit einem scheuen Lächeln. »Hätte ich mir doch denken können, dass mindestens einer von euch hier rumhängt.« Er setzte seinen Koffer vor der Theke ab und kam näher. »Habt ihr was dagegen, wenn ich mich 'nen Moment zu euch setze?«

Harald Bongart, der Museumsleiter der Stadt Bad Münstereifel und sein Freund, der Fotograf Theo Broere, starrten ihn mit offenstehenden Mündern an.

»Du bisst der Herbie«, sagte Domingo lächelnd und rückte den Stuhl zurecht.

»Aha. Wie ich sehe, eilt mir mein Ruf schon voraus«, sagte Herbie ein wenig beschämt. »Woher wusstet ihr, dass ich heute zurückkomme, Jungs?«

* * *

Wenig später schlürfte Herbie geräuschvoll an seinem Tee und blickte hin und wieder zu dem Koffer hinüber, der immer noch vor der Theke stand. Die beiden anderen klebten an seinen Lippen und hatten immer noch irgendwie das

Gefühl, als hätten sie ihn nach den Jahren seiner Abwesenheit geradewegs herbeigeredet.

Domingo hatte sich wieder hinter die Theke verkrümelt und begann, die Abrechnung zu machen.

»München ist nicht meine Stadt«, sagte Herbie zerknirscht und fuhr mit dem Finger über den Rand seines Teeglases. »Eigentlich gehöre ich überhaupt gar nicht in irgendeine Stadt. Ich hatte verschiedene Jobs da, wisst ihr. McDonald's am Stachus, Second-Hand-Möbelladen in Leim ... so was. Kaum zu glauben, dass ich hier eine Tante habe, die geradezu im Geld schwimmt. Ihr wisst ja, wem dieses Geld eigentlich ...«

Harald und Theo nickten synchron. Der Kellner hinter der Theke nickte ebenfalls.

»Aber mit Tante Hettie hatte ich es mir ja leider verscherzt. Nach der Geschichte mit ihren Möbeln und ihrem Parkett. Sie hätte mit mir das gemacht, was bei Karl May die Indianer mit den Weißen zu machen pflegten, wenn sie mich zu packen gekriegt hätte. Haut in Streifen und so ... Ich habe morgen einen schweren Gang vor mir, Jungs.«

Theo räusperte sich. »Ähhhm, was ist denn mit ...« Er versuchte, es möglichst beiläufig klingen zu lassen, »... mit Nina?«

Herbie seufzte und verfiel in düsteres Schweigen. Nach einer Zeit sah es so aus, als sei er für den Rest des Abends in die Betrachtung eines Bierdeckels versunken, und Theo bereute schon, überhaupt gefragt zu haben. Herbie seufzte schließlich erneut und sagte, ohne den Bierdeckel aus den Augen zu lassen: »Nina geht's hoffentlich gut. Sie hatte ja damals diesen Freund, diesen Chris.« Er sah die beiden anderen an und setzte ein schiefes Grinsen auf. »Nun, jetzt hat sie ihn wieder. Mehr ist da eigentlich nicht zu sagen. Die beiden gehören wohl zusammen. Da bin ich überflüssig.«

»Sie ist in München geblieben?«, fragte Harald.

Herbie nickte. »Bei Chris. Ich musste weg. München ist was für Münchner und solche, die sich dafür halten. Nicht für mich. Neulich bin ich über den Hut eines siebenköpfigen Orchesters gestolpert, das im strömenden Regen in einem Arkadengang in der City Rossini fiedelte. Sie dachten, ich wollte ihr Kleingeld mopsen und haben mich verhauen.«

Er winkte zur Theke und bestellte einen Eifelgeist. Dann besann er sich und rief: »Für die zwei auch!«

Theo und Harald winkten ab. »Wir sind auf dem Absprung.«

Nachdem er seinen Kräuterschnaps geschluckt hatte, fuhr er fort: »Im Englischen Garten bin ich der ersten Exhibitionistin meines Lebens begegnet. Das war im Sommer.« Als Harald wollüstig grinste, schickte er hinterher: »Sie war dreiundsiebzig, stand später in der Zeitung. So was passiert dir nur in München.«

Harald winkte ab. »Komm mal sonntags zum Heino-Rathauscafé. Wenn Heino mit den Fingern schnippen würde, würden sich alle Omis sofort und ohne zu zögern die Chiffonblusen aufreißen, dass die Perlmuttknöppchen nur so durch die Gegend prasseln.«

»Ich bin in eine Kurdendemo geraten und verhaftet worden, in der S-Bahn hat mir ein Besoffener in die Tasche gekotzt, und im Biergarten bin ich mit der Bank umgekippt. Direkt in eine Kellnerin mit sechs Maß Bier in den Pranken. Glaubt mir, Jungs. So was passiert einem wirklich nur in München.«

Er kippte den restlichen Schnaps und sah auf die Uhr.

»Hat sich eigentlich Köbes noch nicht gemeldet?«

Die anderen verneinten. Auch der Kellner wusste nichts.

»Sollte er?«, fragte Theo.

Herbie zuckte mit den Schultern. »Er hatte mir versprochen, mich hier in Empfang zu nehmen, wenn ich ankomme. Ich hätte bei ihm zu Hause in Zingsheim wohnen können, bis ich was anderes gefunden habe. Das würde mich davor bewahren, schon am ersten Abend vor Tante Hettie zu Kreuze kriechen zu müssen. Ich hätte erst mal Kräfte sammeln können, versteht ihr?«

Die beiden nickten verständig. Auch Domingo setzte ein ahnungsvolles Gesicht auf, während er Gläser polierte.

Herbie ließ sich das schnurlose Telefon geben, kramte einen Zettel hervor und begann eine Nummer einzutippen.

»Immer noch kein Handy?«, fragte Harald.

Herbie schüttelte den Kopf, während er die Ziffern leise vor sich hinmurmelte.

»Kein Auto?«, fragte Theo. Wieder verneinte Herbie wortlos.

Als er den Hörer ans Ohr presste und auf die Verbindung wartete, sagte er tonlos: »Kein Handy, kein Auto, keine Wohnung, keine Freundin ... ist doch konsequent, oder?«

Die Verbindung wurde hergestellt.

»Wer? ... Oh, Verzeihung, ich dachte, das sei die Telefonnummer eines Freundes ... Wie bitte? ... Ach so. Ja ... hm ... hmmm .... hmmm ja ... Im Moment habe ich keinen festen Wohnsitz. Ja, ich weiß, das klingt mysteriös, aber ich sitze hier in Münstereifel im Café T, und eigentlich wollte Köbes, ... also Jakob Nießen mir eine Wohnung besorgen. Ich ziehe gerade aus München zurück in die Eifel, verstehen Sie?«

Die beiden anderen verfolgten interessiert das Gespräch. Am anderen Ende schien jemand sehr energisch auf seinen Gesprächspartner einzureden. Aus Herbies Miene konnte man allerhand lesen: Erstaunen, Verwirrung, Nervosität.

»Kann ich ihn vielleicht kurz ... ja ... ja, das versuche ich dann noch mal ... Wie bitte? ... Am besten hier im Café. Ich werde sehen, wo ich unterkomme ... Ja, danke ... bitte. Auf Wiederhören.«

»Was passiert?«, fragte Harald. »Klang geheimnisvoll.«

»Das glaubt ihr mir nie«, murmelte Herbie. »Das waren die Bullen. Kripo Wittlich. Die haben Köbes' Handy. Weil sie Köbes verhaftet haben. Glaubt man so was?«

»Köbes?«, fragte Theo. Er kannte den zotteligen Gebrauchtwagenverkäufer als zuverlässigen Saufkumpanen aus wilden Jugendtagen. »Kripo? Verhaftet?«

Herbie nickte. »In dieser Reihenfolge. Es hat zwei Tote gegeben. In der Vulkaneifel. An einem der Maare. Und Köbes soll was damit zu tun haben. Kaum zu glauben, so was.«

Er bestellte noch einen Schnaps und kippte ihn in einem Zug hinunter. »So was«, murmelte er. »So was passiert einem nur in der Eifel.«

## Zweites Kapitel

Eine Stunde später stieg er durch die laue Frühsommernacht den Berg zur Windhecke hinauf. Der Quadratmeter Baugrund war dort oben kostbar und teuer wie nirgendwo sonst im Kreis Euskirchen. Hier wohnten keine armen Menschen, wie er einer war. Hier wohnte Tante Hettie. Er wechselte alle fünfzehn Schritte den Koffer, der von Meter zu Meter an Gewicht zu gewinnen schien, von einer Hand in die andere.

Harald und Theo hatten es gut. Sie waren auf dem Weg in ihr Zuhause, in weichgelegene Matratzen, sie würden bis zum Morgen von einem vertrauten Geruch umgeben sein, von einer heimeligen Umgebung und von Möbeln, Büchern, Teppichen – ja, sogar von Spinnweben und Staubschichten, die zu ihrem Zuhause dazugehörten. Sie hatten ein Heim. Ihm war nichts geblieben. Er war allein.

Beide hatten ihm, als sie sich aus dem nächtlich-leeren Bistro verabschiedet hatten, angeboten, ein oder zwei Nächte bei ihnen zu verbringen. Sogar der Kellner – das hatte er gemerkt – hatte mit sich gerungen, ob er Herbie nicht vielleicht Asyl anbieten solle.

Aber all das wäre nur ein allzu bequemer Aufschub gewesen. Irgendwann musste es passieren.

Er musste tun, was zu tun war.

Sie war seine Tante, sie war sein Vormund – sie hortete sein Geld.

Es war an der Zeit, Tante Hettie einen Besuch abzustatten.

Er stapfte unverdrossen weiter durch die Nacht, stieg den gepflasterten Weg entlang der alten Stadtmauer hinauf. Er wunderte sich, dass die wenigen Habseligkeiten, die allesamt in seinen Koffer hineinpassten, so schwer werden konnten.

Wie sollte er nur Tante Hettie erklären, was passiert war? Wie würde sie ihn empfangen?

*Hältst du das für eine gute Idee?* Herbie vernahm eine Stimme schräg hinter sich. Sie schien geradewegs aus der Weißdornhecke zu kommen, die die alte Stadtmauer säumte. Die Luft war warm, die Sträucher atmeten die Sonne aus. Es roch süßlich und schwer.

Die Stimme war ihm wohlbekannt. Es war eine dunkle, leicht näselnde Stimme mit einem Anflug von Arroganz.

Als Herbie für einen Moment innehielt, um den Koffer von der Linken in die Rechte zu geben, erkannte er im trüben Schein der Straßenlaterne seinen Begleiter, der ihn vor zwei Jahren in die ferne Großstadt entlassen hatte.

Julius hatte sich nicht verändert. Wie sollte er auch, unterlag er doch nicht den biologischen Prozessen der Alterung und der Vergänglichkeit.

*Aber, bitte.* Julius machte eine treibende Handbewegung. *Nur zu. Vermutlich wird deine alte Tante ganz außer sich vor Freude sein, weil der heiß geliebte, verlorene Neffe nach so langer Zeit nach Hause zurückgekehrt ist. Sie wird einen Kuchen gebacken haben – an jedem einzelnen Tag deiner Abwesenheit, um stets gerüstet zu sein für deine Wiederkehr.*

»Du hast Dich nicht verändert.«

*Wie sollte ich auch?*

»Du redest immer noch denselben Unsinn wie damals.«

*Stimmt, mein Bester. Verzeihung, du hast natürlich Recht. Sie hat einen einzigen Kuchen gebacken. Und der wartet schon seit zwei Jahren auf dem Küchentisch auf deine Heimkehr. Hoffentlich ist es ein Rodonkuchen und keine Buttercremetorte.*

»Es sind fast zwölf Uhr. Du kannst dir wahrscheinlich ebenso gut vorstellen wie ich, wie uns Tante Hettie empfangen wird.« Herbie setzte den Koffer ab und rieb seine schmerzende Hand. Dann musterte er Julius mit einer Mischung aus Ungläubigkeit und Skepsis. »Hast du auf mich gewartet?«

*Sehe ich da einen Hauch von Freude in den kleinen verschmitzten Äugelchen? Hat mich da jemand vermisst?*

Herbie griff nach dem Koffer und beschleunigte seinen Schritt.

Auf der Rückreise hatte er oft genug an seinen unsichtbaren Begleiter aus früheren Zeiten gedacht. Als die Wehrtürme des alten Eifelstädtchens vor ihm aufgetaucht waren, da war es beinahe schon so gewesen, als sei er dicht bei ihm, als habe der massige Körper schon längst wieder seinen Schatten auf seinen Weg geworfen.

Und als Julius dann endlich das Wort ergriff, da war plötzlich alles wieder so wie früher, so wie in der Zeit vor Nina, vor München.

Er war nun nicht mehr allein – und das musste reichen.

Man konnte sich seinen Begleiter nicht immer aussuchen.

»Zwei Tote, Julius. Kannst du dir vorstellen, dass unser Köbes für zwei Leichen verantwortlich sein soll?«

*Köbes war schon immer ein ruchloser Mensch. Einem Frankenstein, der sein Geld damit verdient, verbeulte Autoteile zu gemeingefährlichen Monstren zusammenzuschweißen, traue ich alles zu.*

»Er versteht nichts von Autos, okay, aber Mord ...«

*Ein Teufelskreis der Gewalt.*

Julius' Argumentation hatte sich nicht zum Besseren gewandelt.

Sie hatten die Windhecke erreicht, die sich den steilen Berg hinaufwand. Herbie schnaufte, und der Schweiß schoss ihm aus allen Poren.

Das musste man München lassen. Es war ebenerdig angelegt.

*Wir sind da, mein Alter. Schau, schon alles dunkel. Ich schätze, die alte Dame steht mit wirrem Haar in der beklemmenden Dunkelheit ihres einsamen Heims am Fenster, so, wie sie es jede Nacht tut, um Ausschau nach dem verschollenen Lieblingsneffen zu halten. Die Hände fest um den Rosenkranz geklammert, der zahnlose Mund Fürbitten und Stoßgebet brabbelnd.*

»Sie wird mich erschlagen. Mit dem silbernen Knauf ihrer Krücke wird sie mir eins überziehen, und wenn ich Glück habe, werde ich mir noch rasch aussuchen dürfen, was auf meinem Grabstein stehen wird.«

*Gib dich keinen Illusionen hin, du wirst in einem Armengrab vor der Stadtmauer verscharrt werden.*

Herbie öffnete das kleine schmiedeeiserne Tor, das auf den Fußweg aus Bruchsteinplatten führte. Henriette Hellbrechts Anwesen hatte in den beiden letzten Jahren nicht gelitten. Eine schmiedeeiserne Reiherfamilie war um den kleinen Teich gesetzt worden, und auch die Marmorputten schienen sich ungebührlich vermehrt zu haben, aber ansonsten war alles unverändert.

Wie eine neuzeitliche Trutzburg lag Tante Hetties Villa im kalten Mondlicht vor ihnen. Weiß getüncht, akkurat herausgeputzt wie eh und je, schien sie geradezu von innen heraus vor Kraft zu strahlen.

»Julius.«

*Hm?*

»Mal angenommen, mein Name wäre Don Quichotte de la Mancha.«

*Mal angenommen.*

»Und du warst mein treuer Gefährte Sancho Pansa.«

*Grmmmpfff.*

»Nina wäre die unerreichbare, schöne Dulcinea ...«

*Worauf willst du hinaus, Junge?*

»Schau, dort, vor uns. Siehst du die Riesen?«

*Ihr meint die Windmühlen, Herr?*

»Die Riesen, Sancho! Die Riesen. Sieh, wie sie mit den Armen rudern, wie sie uns drohen.«

Er wechselte den Koffer ein letztes Mal von einer Hand in die andere, atmete tief ein und flüsterte: »Attacke!«

* * *

Bert Wallraff tippte mit dem Zeigefinger an die Seitenscheibe des Pförtnerzimmers. Der alte Bergengruen schien ihn nicht zu hören. Er hatte sich auf seinem Bürosessel zurückgelehnt und hielt die Fernbedienung am lang ausgestreckten Arm auf den kleinen Fernseher gerichtet. Die Batterie taugte nichts mehr. Immer wieder zappte er durch die Programme, und immer dann, wenn nicht gerade jemand durch das Foyer des Altenheims am Neuwieder Rheinufer ging, schaltete er rasch auf Neun Live um, wo sich zur Nachtstunde drittklassige Models in stummen Endlos-Sequenzen ihrer Spitzenunterwäsche entledigten und in Zeitlupe an sich herumkitzelten.

Gerade jetzt glaubte sich Bergengruen unbeobachtet, und um seine runzligen Mundwinkel zuckte es verräterisch.

Bert Wallraff klopfte lauter.

Bergengruen wirbelte mit seinem Bürostuhl herum, riss die Augen hinter der dicken Hornbrille weit auf und vergaß glatt das Umschalten.

Verärgert hievte er seinen alten Körper aus dem federnden Sessel und schlurfte auf Wallraff und die Glasfront zu.

»Spinnst du? Mich so zu erschrecken!«, raunzte er wenige Augenblicke später durch das geöffnete Fenster. »Noch 'n

Herzkasper und ich ziehe um. Vom Pförtnerzimmer auf Stock zwei.«

Wallraff sah sich hektisch um. Auf dem Fluss zogen zwei beleuchtete Frachter rheinaufwärts durch die Nacht. Es hätte romantisch sein können. Aber Wallraff war schon längst der Sinn für diese Art von Romantik abhanden gekommen.

Er fischte eine Flasche Steinhäger aus einer Plastiktüte und reichte sie Bergengruen durch das Fenster. Als der alte Pförtner immer noch sehnsüchtig auf die Tüte starrte, holte er die zweite Flasche auch noch heraus.

Bert Wallraff war klein und kugelrund. Um seinen kahlen, feisten Kopf tanzten die Mücken wie um einen Lampion. Er hatte Mühe, die Flaschen durch das Fenster ins Innere des Altenheims zu reichen. Immer wieder verfing sich sein speckiges Jackett in den dornigen Büschen, die entlang der Uferseite des Hauses gepflanzt waren.

»Was ist mit der Alten?«

Bergengruen studierte das Flaschenetikett, als sei er ernsthaft an den Ingredienzen des Gesöffs interessiert. »Hier sind nur Alte. Welche meinst du?«

»Komm, mach keinen Blödsinn, Mann. Ich habe gehört, die Verwandten sind schon bei ihr. Wird das noch was heute Nacht?«

Bergengruen zuckte mit den Schultern. »Weiß man ja nicht. Der Doktor war da, und ich habe gehört, dass der Chef schon überlegt hat, wer das Zimmer kriegt. Im Moment ist die Tochter mit ihrem Mann da. Sie guckt andauernd auf die Uhr. Ich glaube, denen wäre auch lieber, es ginge schneller.«

»Denk an mich, Bergengruen.«

Bergengruen ließ sich einen Augenblick lang von einer flachbrüstigen Blonden mit Impfnarben ablenken, die sich in einer Badewanne verrenkte. Dann wandte er sich wieder zu

Wallraff um und blaffte ihn an. »Was soll ich tun? Soll ich da jetzt reinmarschieren, der Tochter auf die Schulter tippen und sagen: ›Ach, und wenn die Mama endlich ihr Besteck abgegeben hat, wartet da schon einer auf den ganzen ollen Ramsch hier aus dem Zimmer. Das Sofa wandert zur Caritas, die Klamotten machen wir zu Putzlappen, wichtig sind nur die beiden Ölschinken an der Wand.‹ So in etwa?«

Wallraff fuchtelte mit den Armen. »Sei ruhig, Mann. Du wartest natürlich ab, bis sie endlich abgeschmiert ist, und dann gibst du denen meine Karte.«

Bergengruen winkte ab. »Jaja, ist ja schon gut. Hab ich dich jemals hängen lassen?« Er hielt die beiden Schnapsflaschen in den Armen wie zwei Neugeborene.

»Tut mir Leid. Ich will dir ja nicht auf den Keks gehen, aber ich hab Druck. Die Bilder kämen jetzt gerade recht.«

In diesem Augenblick ertönte ein Summen. Bergengruen verschwand vom Fenster und eilte zu seiner Schaltanlage. Einen Augenblick später kam er ohne die Flaschen zurück. Er hatte den Telefonhörer ans Ohr gepresst und zischte Wallraff zu: »Da oben geht's los. Ich soll noch mal den Doktor rufen. Und jetzt verzieh dich.«

Wallraff atmete befreit auf und grinste nervös. Er winkte Bergengruen ein letztes Mal zu, bevor er die Uferböschung zum Radweg hinunterkraxelte. Als er sich noch einmal umwandte, sah er noch, wie Bergengruen in den Telefonhörer sprach, gleichzeitig wieder in den Sessel sank und sich zum Fernseher drehte.

Dann ging er in Richtung Parkplatz, wo er sein Auto abgestellt hatte. Er machte ein paar ungelenke Hüpfbewegungen, als er versuchte, seine Hose über den prallen Bauch hochzuziehen.

All das machte ihn nervös. Der Druck. Dieser unglaubliche Druck!

Was da in der Eifel passiert war, hatte die Dinge ganz hübsch in Unordnung gebracht. Wer konnte schon wissen, wie es jetzt weitergehen sollte?

Morgen, da war er sich jetzt sicher, da würde er einen Anruf bekommen und erneut nach Neuwied fahren. Da würde er dann unter der Aufsicht der genervten Hinterbliebenen den Nachlass der alten Dame taxieren und würde ihnen erklären, dass die beiden Bilder das Einzige waren, was auch nur annähernd einen Wert darstellte. Schmuck war vielleicht auch noch da, aber so was rissen sich Tochter, Schwiegertochter oder Enkelchen schneller unter den Nagel, als man auch nur Piep sagen konnte.

Die Bilder. Diese beiden unsignierten, ordentlich gerahmten Schinken aus den Zwanzigern, die waren richtig. Landschaft, Ginster, alte Burg. Das war was. Da konnte man was draus machen. Unsigniert!

»Ach, wissen Sie«, murmelte er, während er seinen Mercedes aufschloss, »für diese beiden alten Gemälde, da gebe ich Ihnen ... na, sagen wir mal fünfhundert Euro ... ja, natürlich zusammen. Dafür schaffe ich Ihnen auch den ganzen anderen ollen Kram weg.«

Er ließ sich hinters Steuer fallen, und wenige Augenblicke später fuhr er bereits in Richtung Rheinbrücke, zurück in die Eifel.

# Drittes Kapitel

*Ich habe hin und her überlegt und ich glaube, ›Verachtung‹ ist das richtige Wort. Aber ich bitte dich, ich kann die alte Dame verstehen. Was hattest du erwartet? Rot geweinte Augen?*

Himmlische Ruhe und tödliche Stille haben die gleiche Phonstärke. Eine Weisheit, die Herbie in Augenblicken wie diesem durch den Kopf schoss. Tante Hettie stand stumm und unbeweglich vor ihm, die faltigen Hände auf den silbernen Knauf ihrer Krücke gelegt, mit mühsam gebändigtem weißem Haar, gehüllt in einen schwarzen Morgenmantel mit goldenen Ornamenten. Um sie herum flatterten zahllose Plastikfolien. Möbel waren in Folie eingehüllt, braunes Packpapier war in dicken Bahnen über den Parkettboden gespannt. Im Zentrum ihres riesigen, surrealistisch dekorierten Wohnzimmers stehend, sah Tante Hettie aus wie eine Kopie des greisen Salvador Dali inmitten einer seiner wirrsten Installationen.

*Es fehlen nur noch farbbesudelte nackte Jüngerinnen und brennende Giraffen, die von rechts nach links durchs Bild laufen.* Julius' Mundwinkel zuckten spöttisch.

Am anderen Ende des Raumes lauerte Tante Hetties Schoßhündchen – die ondulierte Pudelkarikatur namens Bärbelchen, in einem ebenfalls verhüllten Hundekörbchen – und schickte ab und zu drohende Knurrlaute in Herbies Richtung. Sie hassten einander tief und innig.

Herbie dachte fieberhaft nach. Das Wohnzimmer war nach seinem unrühmlichen Abgang vor zwei Jahren in einem beklagenswerten Zustand gewesen. Natürlich war all das nicht unmittelbar seine Schuld gewesen. Er war da in eine dieser Sachen hineingeraten, die ihm immer wieder passierten, und es hatten sich einige Dinge mit dem Parkettboden und mit dem kostbaren Mobiliar zugetragen, an die er wirklich nicht gerne zurückdachte. Womöglich hatte seine Tante diesen Raum in all den Jahren nicht bewohnt, hatte alle Spuren seiner Untaten mit Folie verhüllt, konserviert, und jetzt würde sie gleich das alles beiseite reißen und ihm die Wunden zeigen, die er diesem Raum geschlagen hatte. Die Brandflecken, das gesplitterte Holz, die ruinierten Vorhänge.

Er saß zusammengekauert in einem kleinen Sessel, dessen Folienbespannung knisterte, sobald er zu atmen wagte. Er kam sich sehr mickrig vor.

Und plötzlich sprach die Salzsäule: »In den nächsten Tagen kommen die Maler. Meine Innenarchitektin hat mir Apricot für die Wände empfohlen.«

»Apricot?«

*Eine Farbe. So ein Zwischending zwischen ...*

»Feng Shui, aber davon verstehst du ja sowieso nichts. Für die Wände. Meine Innenarchitektin glaubt, es würde dem Raum mehr Seele einhauchen.« Tante Hettie sagte das mehr zu sich selbst, als an ihn gerichtet.

»Gertie Angheister aus Köln?«

»Sieglinde Ruff-Finkelstein aus Düsseldorf.«

»Ich dachte, das sei die Visagistin ...«

Mit einer plötzlichen Bewegung ihrer Krücke brachte seine Tante das Geplänkel zu Ende. »Ich will nicht wissen, wo du dich herumgetrieben hast. Deine Cousine hat mir gütigerweise ab und zu ein Lebenszeichen von euch zukommen lassen. Das hat mich davor bewahrt, vor Gram zu sterben.«

»Ich ...«

»Ich will es nicht wissen!« Sie hatte begonnen, auf und ab zu gehen, und der Klebestreifen einer Folie hatte sich an die Ferse ihres linken Hausschuhs geheftet und schlich ihr leise flüsternd nach. »Wenn dieser Besuch eine Entschuldigung für dein Verhalten sein soll, für dein Verschwinden, deine grenzenlose Undankbarkeit, dann nehme ich sie an.«

»Aber ...«

»Du sitzt nun also gewissermaßen mittellos vor mir. Deine Wohnung in Euskirchen ist vermietet, deine paar Habseligkeiten habe ich in einem Karton in der Garage stehen. Du kannst, bevor du etwas Vernünftiges gefunden hast, ein paar Tage in einer meiner Mietwohnungen hier in Münstereifel in der Unnaustraße wohnen. Dort wird ebenfalls gerade renoviert. Da kannst du also nichts kaputtmachen. Hier in diesem Hause wirst du nie wieder eine Nacht verbringen, das habe ich mir geschworen. Ich denke, eine Begründung dafür brauche ich nicht abzuliefern.«

*Nachtragend und kleinlich. Sie hatte zwei Jahre Ruhe vor dir. Andere an ihrer Stelle würden viel Geld dafür bezahlen.*

Herbie schwieg. Er war völlig in die Betrachtung der kleinen Klebestreifenschlange versunken, die seine Tante auf Schritt und Tritt verfolgte.

»Hast du mich verstanden?« Tante Hetties schneidender Tonfall riss ihn aus seiner Träumerei.

Er nickte beflissen. »Aber natürlich. Deine Mietwohnung, selbstverständlich ... wird renoviert, und ich darf drin wohnen. Sind die Fenster noch drin?«

*Sei nicht albern.*

»Sei nicht albern«, fauchte Tante Hettie. Bärbelchen knurrte drohend. Dann guckte ihr Frauchen mit verkniffenen Mundwinkeln auf ihre Uhr und wollte Herbie zu verstehen geben, dass diese Audienz ihrem Ende zuging. »Und diesen Blödsinn mit deinem Freund und diesen angeblichen Morden will ich nicht hören. Ich habe genug von deinen Phantastereien. Ich erinnere mich mit Schaudern an diesen komischen Kerl, den du früher immer zu sehen geglaubt hast. Man hätte dich wegsperren sollen!«

*Oh, sie hat mich nicht vergessen. Damit hätte ich nicht gerechnet.* Julius wischte sich mit gespielter Rührung eine imaginäre Träne aus seinen Augenwinkeln.

»Aber es ist wahr, Tante Hettie. Köbes steckt in echten Schwierigkeiten. Die wollen ihm da was anhängen«, ereiferte sich Herbie. »Ich habe mit Ulrike, seiner Frau, telefoniert. Sie arbeitet in Daun in einer Suchtklinik, und ganz in der Nähe ist gestern Morgen Köbes auf einem Parkplatz in einem Auto gefunden worden. Hackevoll besoffen – was keine Seltenheit ist – aber ganz in der Nähe lagen zwei Leichen am Ufer eines Maares. Köbes ...«

»Genug!« Tante Hetties Krücke zerschnitt erneut die Luft und die Plastikfolie geriet in Wallung. Es sah aus, als würde in der Augsburger Puppenkiste der Meeresspiegel dargestellt. »Ich bin müde, morgen ist mein Bridgetag, und ich gebe dir genau viereinhalb Minuten, um mein Haus zu verlassen.« Sie reichte ihm mit spitzen Fingern einen Schlüssel mit einem blauen Plastikschildchen. »Unnaustraße. Du kennst das Haus. Es ist die rechte Wohnung im zweiten Stock. Vorsicht, das ganze Haus wird renoviert. Es ist teilweise eingerüstet und das Geländer im Treppenhaus ist abmontiert.«

Herbie verstaute den Schlüssel in seinem Mantel und murmelte. »Du bist die Güte in Person, Tantchen, weißt du das?«

»Mach dich nicht lächerlich«, zischte die alte Dame und schob ihn aus dem Wohnzimmer.

Bärbelchen hatte endlich den Klebestreifen entdeckt, der aus dem Zimmer fliehen wollte, und unter Julius' launigen Sprüchen wie: *Wo ist das Zipfelchen?* und *Fass, du kleines hirnloses Vieh!*, schnappte sie nach Tante Hetties Ferse. Diese geriet ins Trudeln, fuchtelte mit der Krücke, stützte sich für einen Augenblick an Herbies Schulter ab, fuhr aber sofort zurück, als habe sie eine heiße Herdplatte berührt, und während Bärbelchen sich triumphierend mit ihrer Beute zurückzog, keifte sie: »Kaum bist du hier, geht wieder alles drunter und drüber. Ich wünschte fast, du wärst in ... du wärst in ...«

»München?«

»Ich will es nicht hören!« Sie betätigte einen Knopf in der Nähe des Sicherungskastens nahe der Haustür, und Herbie vernahm, wie sich draußen das Garagentor automatisch öffnete. »Da steht irgendwo eine alte Liege. Die kannst du dir unter den Arm klemmen, und dann wünsche ich für heute in Ruhe gelassen zu werden!«

»Das ist lieb, Tantchen, das ist wirklich ...«

Sie warf die Haustür hinter ihm zu, und augenblicklich verlosch das Licht der Außenlampe.

Herbie ging langsam und mutlos über den Kiesplatz zur offenen Garage, in der er schon von Ferne allerlei Gerät und Hausrat neben den beiden Autos stehen sah. Teilweise waren die Dinge mit Folie abgedeckt, teilweise konnte man sofort erkennen, worum es sich handelte. Ein Sekretär, ein riesenhafter Gobelin, zwei Schränkchen ... hier war offensichtlich ein Teil des Wohnzimmermobiliars untergestellt, um es vor den Malern und Gipsern zu schützen.

»Sie war eigentlich nie besonders nett zu mir«, murmelte Herbie, während er sich zwischen den Gegenständen durchquetschte, um nach der versprochenen Liege zu suchen. »Nie so, wie eine Tante zu ihrem Neffen sein sollte.«

*Du warst eben einfach nicht der Neffe, den man sich so als Tante wünscht.* Julius lächelte leutselig, während er neben Herbie hertrabte. *Du hast keinen Beruf, keine Wohnung ... dafür hast du mich. Wenn deine Tante wüsste, dass ich immer noch bei dir bin, hätte sie ohne Umschweife die Gelegenheit beim Schopf gepackt und dich endgültig in die Geschlossene einweisen lassen.*

»Und sie hätte mit meinem Erbe glücklich und zufrieden gelebt bis an ihr Ende.« Herbie schob ein paar Kartons beiseite, wobei er unter anderem auch auf eine Bananenkiste voller zerfledderter Comics, alter Küchengerätschaften und ausgelatschter Schuhe stieß.

*Sehr glücklich und sehr zufrieden.*

Herbie hielt einen braunen Schuh hoch. »Das wird eines Tages von mir übrigbleiben, Julius. Ein paar löchrige Treter und ein Mixer ohne Rührstäbe.«

Er wühlte weiter.

»Kaum zu glauben. Mein altes Tischfußballspiel!«

*Rührend.*

Dann fand er die Gartenliege.

*Kultiges Design.*

»Verschossene Siebziger-Jahre-Blümchen und aufgeplatzte Nähte. Ein Himmelbett für einen Burschen in meiner Situation.«

Er schaffte es, das angerostete Ding aus der dunklen Ecke herauszubugsieren und verließ die Garage. Im selben Augenblick senkte sich geräuschvoll das Garagentor, und er fand gerade noch Zeit genug, seinen Koffer in Sicherheit zu bringen, bevor er zermalmt wurde.

Die Liege unter den linken Arm geklemmt und den Koffer in der Rechten, verließ er Tante Hetties Grundstück. Er spürte ihre Blicke im Rücken und wandte sich nicht um.

Sein Gepäck wog schwer, und er brachte es nicht zustande, auf die Uhr zu sehen. Es mochte vielleicht ein Uhr sein.

Bis zur Unnaustraße ging es zwar bergab, aber als er dort ankam, war er in Schweiß gebadet, und als er es schließlich bis in den zweiten Stock von Tante Hetties Mietshaus geschafft hatte, glaubte er, am Ende seiner Kräfte zu sein.

Die Wohnung war leer.

Eigentlich noch leerer.

Die Tapete war von den Wänden gekratzt worden, überall waren gespachtelte Stellen an den Wänden. Von den Decken der drei Zimmer baumelten nackte Glühbirnen, und es gab nicht einmal Vorhänge an den Fenstern, mit deren Hilfe er sich einen Hauch von Privatsphäre hätte verschaffen können. Im Bad lag anstelle des Toilettenpapiers nur die Bild-Zeitung der Bauarbeiter.

Herbie nahm all das nur noch durch einen Schleier der Erschöpfung wahr.

*Ich weiß nicht, ob es dir genauso gut gefällt wie mir, mein Freund, aber ich finde, es hat so einen robusten Charme. Nicht gerade kuschelig, aber doch irgendwie anheimelnd.* Julius' Stimme drang wie durch Watte zu ihm durch, während er die quietschende Liege in einem Raum auseinanderfaltete, der womöglich einmal das Schlafzimmer gewesen sein mochte.

Ohne sich seiner Kleider zu entledigen, ließ er sich wenige Augenblicke später auf das ächzende Gartenmöbel sinken und schlug in der entstehenden Delle fast auf dem Boden auf.

*Darf ich auf der Fensterseite schlafen?*, juxte Julius. Herbie war zu müde für eine Gegenwehr.

»Ich muss an Köbes denken, Julius. Er pennt heute in irgendeiner Zelle. Und irgendwie beschleicht mich der unangenehme Gedanke, dass es da bequemer ist als hier.«

*Aber er ist ALLEIN!* Indem er das letzte Wort betonte und den Zeigefinger hob, gab sein Begleiter zu verstehen, dass Herbie sich in allerbester Gesellschaft befände.

»Ich kann nicht glauben, dass er das getan haben soll. Morgen wird mir Ulrike mehr erzählen. Ich habe sie seit einer Ewigkeit nicht mehr gesehen. Mein Gott, Julius, ist das alles schon lange her.«

Dann schlief er ein.

Er hatte es nicht mehr geschafft, sich noch einmal von seinem Nachtlager zu erheben, um die Zimmerlampe zu löschen.

Inmitten eines kahlen, verdreckten Zimmers, im zweiten Stock eines drittklassigen Miethauses lag ein einsamer junger Mann auf einem rostigen Stück Sperrmüll und träumte von den Trümmern seines Lebens.

## Viertes Kapitel

Diesen Teil der Eifel hatte Herbie nie zuvor bereist. Ein Schulausflug hatte ihn vor über zwanzig Jahren mal bis nach Gerolstein geführt, wo sie sich angeguckt hatten, wie Sprudelwasser in Flaschen abgefüllt wurde, und ein- oder zweimal war er bis nach Prüm geraten, aber als er an diesem Morgen nach Daun aufbrach, da hing fast so etwas wie Abenteuerlust in der Luft.

Schaudernd hatte er noch einmal einen Blick zurück in die Wohnung geworfen und zu Julius gesagt, dass nirgendwo auf der Welt Feng Shui in solcher Reinkultur angewendet werde.

*Ich fand es nett, dass die Bauarbeiter dich um sieben geweckt haben.* Julius hatte im Zug den Platz neben einem alten Eifeler Opa eingenommen, der ohnehin verunsichert schien, da er wahrscheinlich seit der Einführung der Elektrolok nicht mehr auf Schienen gereist war. Unsicher hielt er seine Fahrkarte fest umklammert und registrierte skeptisch, dass Herbies Blick pausenlos in seine Richtung wanderte.

*Du wärst womöglich zu spät gekommen. Tapfere Bauarbeiter.* Julius liebte es, Herbie in solchen Situationen zu einem Gespräch zu verführen.

»Das war ein fetter, unrasierter Jugoslawe, und als ich sein feistes Gesicht direkt am Fenster neben mir gesehen habe, hätte mich fast der Schlag getroffen.«

Der Opa wandte sich um, um nachzugucken, mit wem Herbie sich möglicherweise unterhielt.

*Du bist schreckhaft. Nur, weil er gegen die Scheibe gehämmert hat ...*

»Ich war froh, dass ich so tief in der ollen Liege drinhing, dass ich nicht rausfallen konnte.«

*Zugegeben, als sein Kollege dann in die Wohnung kam und dich für einen Penner hielt, der übers Gerüst ins Haus eingestiegen ist, das war knifflig.*

»Meine erste Nacht in dieser Wohnung. Und auch meine letzte.«

Der Opa räusperte sich verlegen, erhob sich umständlich, und murmelte, während er das Abteil verließ: »Tut mir Leid, dat sie net jut jeschlafen haben. Dann jeh ich mal.«

Der Zug fuhr an Nettersheim vorbei, und Herbie erinnerte sich an eine alte Geschichte, die sich hier, unweit der Bahnlinie, auf einem alten Bauernhof zugetragen hatte. Eine alte Geschichte, die viele Jahre zurücklag, und in der Nina an seiner Seite gewesen war. Er seufzte tief und verfiel bis Gerolstein in trübes Schweigen. Und sein unsichtbarer Begleiter war taktvoll genug, ihn nicht dabei zu unterbrechen.

* * *

In Gerolstein wartete Ulrike am Bahnhof.

Herbie hatte versucht, sich zu erinnern, wie lange sie sich schon kannten. Er hatte Jahre um Jahre zurückgerechnet. Es musste eine Ewigkeit sein. Er war der Trauzeuge bei Ulrikes und Köbes' Hochzeit gewesen und hatte seither miterlebt, wie die beiden sich in mehr oder weniger regelmäßigen Abständen trennten und auch wieder zueinander fanden. Köbes war als Ehemann ein Totalausfall, da er seine Zeit ausschließlich damit verbrachte, an alten Autos herumzuflexen, martialisch klingende Filmmusik in voller Lautstärke zu hören und sich die Kante zu geben. All dies füllte seinen Tag in etwa zu drei gleichen Teilen aus. Ulrike hatte keinen Platz in diesem geregelten Tagesablauf, und so hatte sie früh damit begonnen, sich ihr Vergnügen an anderer Stelle zu suchen. Die Zahl ihrer Liebhaber war Legion. Was diese Liebschaften auszeichnete, war die Tatsache, dass sie sich jedes Mal sicher war, dass ihr »der Mann ihres Lebens« über die Füße gelaufen war. Von ihrem Gynäkologen war sie dann irgendwann sogar einmal schwanger geworden, und das hätte beinahe bedeutet, dass das Schicksal ihrer Ehe besiegelt war. Aber dann hatte sie das Kind verloren, und war wieder ins heimische Zingsheim zurückgekehrt. Seit kurzem erst hatte sie einen Verehrer aus Daun, was ihr sehr zupass kam, da sie eine Arbeitsstelle in einer Suchtklinik in der Nähe von Schalkenmehren angetreten hatte.

All das hatte Herbie aus Köbes' Erzählungen am Telefon erfahren.

Während er Ulrike jetzt sah, wie sie da auf dem Bahnsteig stand und wie wild winkte, als sie seiner ansichtig wurde, stellte Herbie fest, dass ihr die neue Beziehung offensichtlich sehr gut tat. Sie trug ihr braunes Haar kürzer als früher und war sonnengebräunt.

*Ich versuche gerade, mir diese erfrischende Erscheinung an der Seite deines Freundes vorzustellen. Sie mit ihrem strahlenden Gesicht und er mit seinem zugewucherten Chaotengesicht. Schneewittchen und Rübezahl hätten kein schöneres Paar sein können.*

Herbie kletterte aus dem Zug und schloss sie in die Arme. »Herbie!«, rief sie herzlich. »Oh , Mann, das war ja eine Ewigkeit!«

Es tat gut, jemanden zu umarmen. Herbie genoss diesen kurzen Moment außerordentlich.

»Was macht Julius?«

»Ach, was soll er machen«, sagte Herbie mit einer wegwerfenden Handbewegung. »Er hat mich in Bad Münstereifel nicht halb so herzlich empfangen, wie du gerade.«

*Undank, wohin man sich auch wendet!*

»Und Nina? Wie geht's der?«

»Gut, hoffe ich ... Ja, ich denke, es geht ihr gut. Aber lass uns von was anderem sprechen. Von Köbes zum Beispiel.«

Ulrike blieb stehen und runzelte die Augenbrauen. »Köbes hat schon viel, viel Scheiße gebaut in seinem Leben, aber diesmal ...«

»Du glaubst doch nicht, dass er's getan hat, oder?«

Ulrike blieb ihm die Antwort schuldig. Sie stiegen in ihren Twingo, der auf dem Parkplatz wartete. Während sie startete, murmelte sie: »Für Köbes sieht es finster aus. Wochenlang ist er immer um die Altburg rumgelungert.«

»Altburg?«

»Das ist die Suchtklinik, in der ich arbeite. Sie liegt oben auf dem Berg. Ist eine richtige alte, kleine Burg, umgeben von dichtem Wald, und ringsherum liegen die Maare. Der Graf, oder wer auch immer das Ding erbaut hat, der hat sich schon ein herrliches Plätzchen ausgesucht. Später war sogar mal ein Puff in dem Gebäude. Schön abgelegen eben. Also, seit ich da arbeite, hing Köbes dauernd da rum. Du kannst dir vielleicht vorstellen, wie meine Kollegen mich angeguckt haben.«

Julius rückte unbehaglich auf dem Rücksitz des kleinen Fahrzeugs hin und her. *Sternhagelvoll wird der Gute gewesen sein. Hart daran arbeitend, so schnell wie möglich als Patient in ihre Nähe zu kommen.*

»Einige von denen haben mich schon drauf angesprochen. Er hat manchmal unten am Eingang gewartet, bis ich zur Arbeit erschien. Ich glaube, der hat nicht zum ersten Mal auf diesem Parkplatz da übernachtet. Du weißt schon, der, auf dem man ihn gefunden hat. Und morgens hat er dann stinkend und verkommen vor dem Tor rumkrakeelt. Bei der Gelegenheit ist er dann auch der Nati zum ersten Mal begegnet. Und die hat mich auf ihn angesprochen, weil er sie beschimpft hat, und ...«

»Entschuldige bitte, wer ist Nati?«

»Renate. Die Tote.« Ulrike hauchte ihren Namen ganz leise, während sie sich ins Gedächtnis zurückrief, was sich da Fürchterliches zugetragen hatte.

Der Wagen rollte durch Dockweiler. Es war ein sonniger Tag, und die Eifel hatte alles aufgeboten, was sie zu bieten hatte, um den Leuten vorzugaukeln, dass der Sommer jetzt tatsächlich bald da sei. Am Straßenrand sah man von Zeit zu Zeit junge Mädchen auf Fahrrädern, die mit gefährlich knapper Oberbekleidung unterwegs waren. Das junge Grün schäumte zwischen den dunklen Nadelwäldern hervor, und Herbie dachte für einen Moment daran, dass möglicherweise all das nur ein Traum sei, dass er jetzt gleich aufwachen und in Tante Hetties Mietwohnung von einem Bauarbeiter mit der Gartenliege zusammengeklappt würde. Es war alles zu schön!

»Habe ich das richtig verstanden? Die Tote hat bei euch gearbeitet?«

»Stimmt. Die Nati. Renate Zalfen. Die hat bei uns geputzt. Und jetzt ist sie tot.«

»Und der Mann? Der andere Tote? War das auch einer von euch?«

»Kenn ich nicht. Soll ein Maler gewesen sein. Ein alter Knacker aus Kronenburg oder Jünkerath oder so. Ich weiß eigentlich viel zu wenig darüber. Ich weiß nur, dass die Polizei Köbes' Auto auf dem Waldparkplatz am Holzmaar gefunden hat. Und Köbes saß hinterm Steuer und schlief seinen Rausch aus. Wie gesagt, er hat oft irgendwo hier in der Gegend gepennt. Nur um ›in meiner Nähe zu sein‹.« Sie blies verächtlich die Luft aus den Backen. »Hätte er sich mal besser früher einfallen lassen. Und direkt neben seinem Auto fanden sie einen Knüppel. Direkt neben der Fahrertür. Und an diesem Knüppel klebte Blut. Und Haare. Weiße Haare. Und dann haben sie Köbes gefragt, wo das Ding herkam, aber der hat ja kaum was von sich geben können, weil er doch noch total breit war. Und dann haben sie begonnen, die Gegend zu durchkämmen, und dann haben sie die zwei gefunden. Den Maler und die Nati. Nati war splitternackt und schwamm im Wasser, und der Maler hat vor seiner Staffelei gelegen. Direkt am Ufer. Beide mit eingeschlagenem Schädel.«

»Wer weiß denn Genaueres über diese Nati oder den Maler?«

»Was den Maler angeht, da habe ich keinen blassen Schimmer, ehrlich. Die Nati, die hatte natürlich ein paar Bekannte in der Klinik, aber ich werde den Teufel tun, die darauf anzusprechen. Das mit meinem besoffenen Ex war mir peinlich genug, das kannst du mir glauben.«

»Ich dachte ja nur, man könnte ja mal ...«

»Die Klinik ist tabu, Herbie! Das ist mein Arbeitsplatz, kapiert?«

»War sie hübsch?«

»Nati? Nee, eigentlich nicht. Brille, ziemlich fetter Hintern, wenn du mich fragst. Ich mochte sie eigentlich nicht besonders. Sie war wirklich verdammt gewöhnlich. Aber man soll ja nicht schlecht ... na, du weißt schon.« Nach einer Weile sagte sie: »Warte mal, ich habe Nati mal in Hillesheim getroffen. In der Eisdiele. Da saß sie mit einem anderen Mädchen. Ziemlich lange. Als ich von meinem Rundgang über den Krammarkt zurückkam, da saßen sie immer noch da. Das Mädchen habe ich schon ein paarmal gesehen. Die arbeitet in einem Supermarkt in Hillesheim. Die hat so knallgelb gefärbte Strubbelhaare. Vielleicht kannte die die Nati näher.«

Sie fuhren die gewundene Straße hinunter, und vor ihnen breitete sich im Tal das Städtchen Daun aus.

»Wohin fahren wir eigentlich?«

»Die Polizei hat mir gesagt, dass ich das Auto wieder abholen kann. Es ist untersucht worden, und sie haben nichts darin gefunden, was für den Fall relevant ist. Jedenfalls brauchen sie es nicht länger. Wir können es abholen. Und ich dachte, wo du doch sowieso ohne Auto bist ...«

Herbie zuckte mit den Schultern. »Sag mir, wo ich's hinbringen soll, und ich tu's.«

Julius hatte eine ganze Weile andächtig gelauscht und meldete sich zurück: *Ich erinnere dich an dein letztes Auto, mein Teuerster. Das war auch ein Gefährt von diesem Köbes. Soweit ich mich erinnere, hatte es einen Rasenmähermotor und war an allen Ecken mit Leukoplast zusammengeklebt.*

»Tu damit, was du willst, Herbie. Ich habe nicht den Eindruck, dass Köbes es in der nächsten Zeit brauchen wird.«

Sie waren an einer Abzweigung gelandet und mussten warten, um den entgegenkommenden Verkehr vorbeizulassen. Herbie legte seine Hand auf die von Ulrike.

»Sag mir mal ganz ehrlich, Uli: Glaubst du, dass Köbes das getan hat? Würdest du ihm so was wirklich zutrauen?« Er schaute ihr fest in die Augen, aber sie wich seinem Blick aus.

»Ich weiß nicht, was ich glauben soll. Ich bin mit meinem neuen Leben sehr glücklich, Herbie. Ich habe einen tollen Mann kennen gelernt, ich habe eine gute Arbeitsstelle und ich fühle mich wirklich wohl. Ich bin sehr glücklich ohne Köbes. So schlimm das klingt: Es ist mir egal, was mit ihm los ist.«

»Auch wenn er für immer in den Knast wandert?«

Sie druckste herum und schaute mit zornigem Blick in den Rückspiegel. »Fahr nicht so nah auf, du Arsch!«, schimpfte sie. Dann flüsterte sie leise: »Ist mir natürlich *nicht* egal.«

Sie fuhr wieder an und bog linkerhand auf einen Parkplatz ab. Vor ihnen lag das Dauner Polizeigebäude.

»Was machen wir hier? Besuchen wir Köbes?«

»Nein, der ist nach Trier gebracht worden. Wir wollen hier nach dem Auto ... Ach, Moment mal.« Ulrike kurbelte ihre Fensterscheibe herunter und sprach einen Polizisten an, der gerade im Begriff war, in ein neben ihnen stehendes Polizeifahrzeug einzusteigen. »Können Sie mir sagen, wo man sich hier melden muss, wenn man ein Auto abholen will?«

Der junge Mann beugte sich leicht nach unten und spähte in ihr Auto hinein. »Abgeschleppt?«

»Gewissermaßen.« Ulrike rieb sich die Mundwinkel. Es war ihr unangenehm. »Soll ich drinnen an der Pforte fragen ... nennt man doch Pforte, oder?«

Ein Lächeln huschte über das Gesicht des blonden jungen Mannes. »Kann man so sagen. Oder Empfang, oder Rezeption, was?« Er wandte sich zu seinem eigenen Fahrzeug um, in dem ein bärbeißig aussehender Kollege hinter dem Steuer wartete. »Oder? Rezeption ist besser.« Dann drehte er sich wieder zu Ulrike und Herbie um. »Also. Abgeschleppt ... gewissermaßen? ›Gewissermaßen‹ heißt?«

Ulrike nickte. »Das Auto vom Holzmaar. Also, das Auto, das Sie untersucht haben, wegen dieses ... naja.«

Herbie wäre ihr gerne zu Hilfe gekommen, aber er wusste zu wenig über die Sache, um in das Gespräch einzugreifen. Außerdem hatte er seit jeher eine unerklärliche Furcht vor uniformierten Menschen.

*Dein Freund und Helfer. Sag ihm, wo du übernachtet hast und frage ihn, ob er dir für ein paar Wochen Asyl in der Ausnüchterungszelle gewährt.*

Der Polizist richtete sich auf, und sein Gesicht nahm mit einem Mal einen sehr ernsten Ausdruck an. »Holzmaar. Ach das. Sie meinen das Auto vom Herrn Nießen. Verraten Sie mir, wer Sie sind? Haben Sie was mit dem zu tun?« Seine Stimme schwankte zwischen dienstlicher Korrektheit und menschlicher Abscheu.

Ulrike kramte ihren Personalausweis hervor und zeigte den Zweitschlüssel, den sie mitgebracht hatte.

»Ist was?«, rief der Kollege aus dem Inneren des anderen Fahrzeugs. Er war ein stämmiger älterer Mann mit einem zackigen, grauen Bürstenschnitt. Der Junge beugte sich kurz zu ihm hinüber und erklärte die Situation.

Dann nickte er Ulrike und Herbie zu. »Ist in Ordnung. Der Wagen ist freigegeben. Wenn Sie hinter uns herfahren, bringen wir Sie hin. Dann reichte er ihr den Ausweis und stieg zu seinem Kollegen.

Herbie und Ulrike sprachen kein Wort, während sie dem Wagen hinterher den Berg hinunterfuhren.

Wenig später bogen sie auf eine Hauptverkehrsstraße ab und fuhren ortsauswärts. Am Arbeitsamt bogen sie rechts ab und fuhren am Waldrand entlang. Gerade als sich die Wipfel der Bäume über ihnen schlossen, und sie schon fast glaubten, am Ende des kleinen Industriegebiets angekommen zu sein, tauchten vor ihnen zwei Autohäuser aus dem Grün auf. Vor der Firma Stolz kam der Polizeiwagen zum Stehen.

Der ältere Polizist kam auf sie zu und begrüßte sie kurz angebunden. Ein tonloses »Warten Sie'n Moment« war alles, was er darüber hinaus zustande brachte. Der Junge, der zuvor in der Werkstatt verschwunden war, tauchte wieder auf und winkte.

»Geh hin, Herbie«, sagte Ulrike. »Du sollst das Auto holen.«

»Ulrike, ich weiß nicht, ob das eine gute I ...«

»Nun mach schon.« Sie gab ihm einen Schubs, und zögernd stieg er aus. Julius trabte hinterdrein. *Wovor hast du Angst? Was hast du in München angestellt? Wirst du gesucht?*

Der Polizist ging wortlos vor ihnen her und grüßte im Vorbeigehen mit einem müden Winken ein paar Monteure.

Sie erreichten schließlich Köbes' Auto, das eigentlich kaum anders aussah, als alle anderen Fahrzeuge aus dessen Fuhrpark je ausgesehen hatten. Es war ein roter Kadett-Kombi mit blank gescheuertem Lenkradfell und verschossenen Sitzpolstern. Der Lack hatte jeglichen Hauch eines Glanzes verloren, und auf dem Kofferraumdeckel prangte ein großer Aufkleber mit der Aufschrift *Leck mich.*

»Da steht die Karre«, sagte der Polizist trotzig. »Das Profil ist runter. Glatt wie ein Kinderarsch, die Reifen. Und über den TÜV-Termin ist er auch schon einen Monat drüber. Am liebsten würde ich den sofort stilllegen.«

»Warum tun Sie's nicht?«, fragte Herbie unschuldsvoll.

»Ich will das Ding hier nicht mehr sehen. Schaffen Sie ihn bitte weg.«

Herbie nahm den Schlüssel entgegen, und während er einstieg, bestaunte er den Rückspiegel, der mit Basteldraht am Wagenhimmel festgeknüpft war und bei jeder Bewegung hin- und herbaumelte.

»Darf ich Sie was fragen?« Der Polizist räusperte sich. Zwischen seine ernsten Zügen mischte sich so etwas wie Verlegenheit. »Kennen Sie den gut? Diesen Nießen?«

Herbie zuckte mit den Schultern. »Köbes? Naja. Es gibt kaum jemanden, den ich besser kannte. Ich war zwei Jahre in München, und wir haben uns eine Zeitlang nicht gesehen. Aber ich kenne ihn seit der Schulzeit. Ich weiß, wie er tickt.

Und ich weiß, dass er das, was ihm da vorgeworfen wird, nie tun könnte, wenn es das ist, was Sie wissen wollen.«

Der Polizist nickte ernst. »Ich habe ihn gefunden. Mein Kollege und ich, wissen Sie. Wir kamen am Morgen an sein Auto. Da lag er, total abgefüllt, und neben ihm, da lag dieser Knüppel. Eigentlich sieht alles so aus, als wäre er's gewesen.«

Herbie kratzte sich am Kopf. »Er war's nicht. Das ist für mich klar. Ein anderer wird's getan haben und hat die Gelegenheit genutzt, um ihm das anzuhängen. Es wird sich alles klären.«

»Das war eine verdammt fiese Sache«, murmelte der junge Mann. »So was passiert hier bei uns selten. Das war brutal und eiskalt. Wär gut für Ihren Freund, wenn er's nicht war.«

Mit diesen Worten drehte sich der Polizist um und ging fort. Am anderen Ende der Halle sprach er kurz mit einem Monteur, der daraufhin mit Hilfe eines Kettenzugs das große Rolltor öffnete. Der Polizist ließ Herbie hinaus.

*Lass uns froh sein, dass selbst in diesem Landstrich die Lynchjustiz mittlerweile größtenteils abgeschafft ist.*

»Er hat Recht. Es war offensichtlich brutal und eiskalt. Wenn sie den kriegen, der's getan hat, kann er sich auf was gefasst machen.« Herbie rührte ein wenig unbeholfen in der Gangschaltung und brachte den Wagen schließlich ohne Zwischenfälle aus der Halle auf den Vorplatz. Der Auspuff sang knatternd das Lied seiner Urahnen, und hinter ihnen schloss sich das Tor.

*Sie könnten Köbes ruhig mal eben teeren und federn. Könnte ihm nicht schaden. Würde ihn sogar interessanter machen.*

Draußen wartete Ulrike, an ihr Auto gelehnt. Sie warf die Kippe weg, als Herbie neben ihr hielt.

»Alles klar?«, fragte sie.

Herbie nickte. »Soweit ja.«

»Und was tust du jetzt?«

»Naja, was soll ich schon tun? Ich habe jede Menge Zeit. Ich könnte aus Jux und Dollerei mal versuchen, die Unschuld deines Mannes zu beweisen.«

Ulrike schürzte die Lippen. »Wenn du sowieso nichts zu tun hast ...« Dann stahl sich ein Lächeln auf ihre Lippen. »Bist'n feiner Kerl, Herbie. Schön, dass du wieder da bist.

## Fünftes Kapitel

Der Parkplatz sah aus wie jeder andere Wanderparkplatz in der Eifel und anderswo. Möglicherweise war er im Moment ein bisschen sauberer, da die Spurensicherung der Polizei gründliche Arbeit geleistet hatte und Zigarettenkippen, Kaugummipapier und Cola-Dosen fein säuberlich aufgesammelt und ins Labor mitgenommen hatte.

Ein paar Hinweistafeln älteren Datums gaben Auskunft über das Holzmaar und seinen vulkanischen Ursprung, und Herbie irrte ein paar Minuten ziellos auf dem holperigen Platz hin und her, in der Hoffnung, es ließe sich vielleicht irgendein noch so kleiner Hinweis auf den Standort von Köbes' Auto am Morgen nach dem Mord finden.

*Wonach suchst du?*

»Weiß nicht. Irgendwo hier muss ja dieser blutige Knüppel gelegen haben. Direkt neben der Fahrertür von dieser Rostlaube da.«

*Hier, meine geschätzten Damen und Herren, sehen Sie den Blutfleck, der seit vier Jahrhunderten stets an derselben Stelle wieder rubinrot aufleuchtet, sooft das Personal auch versucht, ihn für immer wegzuschrubben.*

»Hätte ja sein können, dass man noch irgendwas sieht.« Herbie war nicht in der Stimmung für einen Disput. Er überquerte die Straße und blickte skeptisch zum Himmel hinauf. Wolkenfetzen trieben vorbei. Er hatte keine Lust, bei einem Spaziergang um das Wasser von einem Regenguss überrascht zu werden.

In der Ferne war das monotone Brausen des Autobahnverkehrs zu vernehmen.

Über das Holzgeländer eines kleinen Aussichtsstegs hinweg entdeckte er das Wasser. Türkisgrün und freundlich lag es inmitten einer kreisrund ansteigenden, bewaldeten Landschaft. Wenn man um die Herkunft dieses Gewässers wusste, erkannte man den früheren Krater recht deutlich.

»Das ist wirklich idyllisch«, murmelte Herbie, als er auf den Steg trat und über den See hinausblickte. Das Maar war kleiner, als er es sich vorgestellt hatte. Diejenigen dieser einmaligen Gewässer, die er von Fotografien her kannte, waren eindeutig größer.

Julius legte seine Pranken auf das hölzerne Geländer und sah aus wie der Kapitän eines Luxusdampfers an der Reling. *Ein prächtiges Fleckchen Natur, in der Tat. Kaum zu glauben, dass hier noch vor wenigen Stunden zwei Leichen rumgedümpelt sind.*

»Rumgedümpelt ... Also, ehrlich! Rumgedümpelt ist übrigens nur eine. Die andere lag am Ufer.«

*Nun, da du so genau Bescheid weißt, sag mir mal, wo es sich genau abgespielt hat.*

»Weiß ich auch nicht.« Herbie betrat den Uferweg und schickte sich an, den See zu umrunden. Fasziniert betrachtete er die blau glitzernden Libellen, die durch die Luft schossen.

Vermutlich lag es an der Mittagszeit, dass ihnen niemand begegnete. Auch auf dem Parkplatz war ihr Fahrzeug das einzige gewesen. Vielleicht war aber auch das trübe Wetter schuld. So konnte ihn wenigstens niemand beobachten, wenn er auf die Pirsch ging.

Herbie spähte aufmerksam nach rechts und nach links, um irgendein Indiz zu finden, das ihn zum Tatort führte. Doch rechterhand zogen nur die Enten ihre Kreise auf der Wasseroberfläche, und zur Linken stieg der dichte Laubwald steil an.

Sie hatten den See schon halb umrundet, und es war wesentlich schneller gegangen, als Herbie das gedacht hatte, als er plötzlich etwas entdeckte, was nicht in das aufgeräumte Bild dieses Paradieses hineinpasste.

Er machte einen Schritt vom Weg zum Ufer hinab und griff nach einem kurzen Zipfel rot-weißen Flatterbands, das von einem Strauch baumelte. Das eine Ende war an einem Zweig festgeknotet. Er las das aufgedruckte Wort »Polizeiabsperrung« und wandte sich triumphierend zu Julius um. »Hier war es!«

Julius setzte eine gelangweilte Miene auf. *Mag sein. Das blinde Huhn, das einzelne Korn ... du weißt schon.*

An der Stelle des Ufers, an der Herbie stand, gab es einen Flecken, der frei von Schilf und Gräsern war, die ansonsten ringsum das Ufer säumten. Womöglich war dies der Platz, an dem der Maler seinen Ausblick auf den See skizziert hatte. Das Mädchen? Was hatte das Mädchen in aller Herrgottsfrühe mit ihm hier gewollt? Sollte sie mit aufs Bild? Am Ufer sitzend? Stehend? Den Blick in die Ferne gerichtet?« Herbie sprang zurück auf den Weg und studierte das Bild, das sich ihm bot.

»Ich bin kein Künstler, aber so könnte es gewesen sein. Demnach müsste der Mann ungefähr hier gestanden haben ...« Er trat auf der Stelle und blickte auf den ausgetretenen Weg. »... und das Mädchen wäre da ans Ufer gekommen.«

Julius betrachtete stirnrunzelnd, wie sein Freund hin- und herhuschte, um die Szenerie zu erfassen.

*Du siehst aus wie der letzte Übriggebliebene einer drittklassigen Laienspielschar.*

Herbie setzte vorsichtig Schritt vor Schritt. Das Ufer war rutschig. Die Polizei hatte im Fortgang ihrer Untersuchungen alles zertrampelt. Wenn erst einmal der akribische Teil der Spurensuche beendet war, brauchte man keine Rücksicht mehr auf Fußabdrücke oder geknickte Halme zu nehmen.

»Sicher, sicher«, murmelte Herbie und stemmte die Hände in die Hüften. »Sie haben hier alles durchkämmt. Da ist nichts übrig. Und doch möchte ich mich mal in die Lage des Mädchens versetzen. Jetzt stell dir mal vor, es ist sieben Uhr in der Früh ...«

Er schlang sich die Arme um den Oberkörper und begann zu assoziieren: »Kalt ... nackt ... nass ... beobachtet ... Stille ... Enten ...« Er öffnete die Augen und wandte sich zu Julius um. »Sind Enten morgens um sieben schon wach?«

Julius zuckte mit den Schultern. *Ich weiß wenig über Enten. Chinesisch süß-sauer sind sie mir am liebsten.*

»Und dann ist da dieser Mann. Steht da am Ufer und malt. Was hat er gemalt? Nur eine Skizze? Eine Kohlezeichnung? Oder war das schon in Öl? Ufer, Maar ... mit Mädchen? Oder war sie nur zum Schwimmen mitgekommen?« Herbie wandte sich wieder dem Maar zu. »Mann, Mann, wir wissen ja eigentlich überhaupt nichts.« Er warf die Arme in die Luft.

Genau das hätte er besser nicht getan.

Sein Körper begann zu schwanken. Seine Füße verloren den Halt auf dem glitschigen Untergrund, und je mehr er versuchte, mit dem Oberkörper das Gleichgewicht wieder herzustellen, um so mehr wackelte er mit den Beinen. Schließlich zog es ihn nach vorne, und dem ungebremsten Sturz in den See entging er nur knapp, indem er mutig ins Uferwasser sprang und sich bis zu den Knien im aufgewirbelten Maarwasser wiederfand.

Im Hintergrund hörte er Julius kräftig applaudieren.

Nur für einen Moment verharrte er in seiner Position und starrte wie gebannt auf seine Beine, die knieabwärts von jetzt schlammiger Brühe umspült wurden.

»Scheiße«, zischte er, wandte sich um und versuchte, das Ufer zu besteigen. Mehr rutschend als gehend erreichte er schließlich trockenen Boden.

»Sag jetzt nichts. Halt jetzt um Himmels Willen deine Klappe, hörst du?«, murmelte er wütend, während er an seinen Hosenbeinen herumwrang.

In diesem Moment ertönte eine fremde Stimme. »Entschuldigen Sie, ich wollte nur schauen, ob Ihnen auch nichts passiert ist.«

Als er aufsah, blickte er in das ratlose Gesicht einer älteren Dame. Sie hatte silberweißes, hochgestecktes Haar und eine kleine, randlose Brille, die sie verlegen zurechtrückte.

»Oh, ich habe natürlich nicht Sie gemeint ...«, stammelte Herbie.

*Hat man dir das in München beigebracht? Alte Damen zu beschimpfen? Ist das bajuwarisches comme-il-faut?*

»... ich ... ich ... Manchmal rede ich ein bisschen mit mir selbst.«

Die Frau blickte auf die Stelle des Ufers, an der Herbie aus den Fluten rausgeklettert war. »Haben Sie etwas Bestimmtes gesucht? Halten Sie mich bitte nicht für neugierig, aber ich frage mich, warum Sie gerade hier ins Wasser gegangen sind. Haben Sie etwas verloren?«

»Eigentlich geschah das eher unfreiwillig.« Herbie humpelte zu einer Bank, die ein paar Schritte weiter am Weg stand, nahm Platz und entledigte sich ächzend seiner Schuhe. »Ich wollte nur etwas nachschauen. Sie werden vielleicht davon gehört haben. Hier sind zwei Menschen ums Leben gekommen.«

»Ich habe davon gehört.«

Herbie zerrte sich den linken nassen Socken von den Füßen. Er flitschte durch die Luft, und ein feiner Tröpfchenregen ergoss sich auf den hellen Mantel der Frau. Als Herbie entsetzt aufspringen und sich entschuldigen wollte, rief sie beschwichtigend: »Oh, nein, nein, keine Sorge. Das trocknet rasch wieder.«

Als er so vor ihr stand, mit einem nassen Socken in der Hand, halb barfuß und halb durchnässt, sagte sie zaghaft:

»Oh ja, ich habe davon gehört.« Sie hatte ein Taschentuch hervorgeholt und tupfte auf ihrem Mantel herum. »Sind Sie von der Presse? Wissen Sie mehr darüber?«

»Oh nein«, stieß Herbie hervor, während er sich hüpfend des nächsten Sockens entledigte. »Ich ... nun ja, ich ermittle.«

»Für wen?«

»Sagen wir mal: in eigenem Interesse.«

Sie strich sich eine weiße Locke aus der Stirn.

»Ich könnte Ihnen vielleicht etwas erzählen. Ich bin Frau Delamot.«

»Die Frau des Künstlers?« Herbie richtete sich auf, trat mit dem nackten rechten Fuß in etwas Spitzes, schrie leise auf und ließ sich wieder auf die Bank plumpsen.

»Seine *erste* Frau. *Ingrid* Delamot.« Sie sagte das so, als sei nach ihr eine stattliche Anzahl weiterer Frauen gefolgt.

»Oh, das ist fantastisch! Da können Sie mir sicher weiterhelfen. Ich habe tausend Fragen. Wer war Ihr Mann, ich meine, wer war er wirklich? Malte er oft morgens früh in der freien Natur? Kannte er das Mädchen schon lange? Hat sie oft für ihn Modell gestanden? War er ...«

Sie unterbrach ihn lachend.

»Nein, nein. Hermann und ich leben schon seit sechs Jahren nicht mehr zusammen. Da verstehen Sie sicherlich, dass ich nicht allzu viel darüber erzählen kann, was er in der letzten Zeit so gemacht hat.«

Ihr Lachen verstummte abrupt.

»Verstehe.« Herbie kippte Wasser aus seinem Schuh. »Aber Sie wissen immerhin, wo er wohnt ... wohnte ... ich meine, wo er zuletzt wohnte, und so.«

»Nun, solche Dinge kann ich Ihnen natürlich erzählen. Vielleicht erzählen Sie mir dann im Gegenzug, was Sie herausgefunden haben.« Ihr Blick glitt über den Spiegel des

Maares. Herbie versuchte, aus ihren Zügen Verbitterung oder Wehmut herauszulesen. Frau Delamot erleichterte es ihm, indem sie leise seufzte: »Sechs Jahre. Das ist eine lange Zeit, junger Mann. Da waren noch die Fotografien, die ab und zu in der Zeitung auftauchten. Man erkannte von Jahr zu Jahr, wie er älter wurde. Eigentlich hatten wir einmal zusammen alt werden wollen. Aber ich glaube, nicht jeder kann es ertragen, wenn man den Spiegel der eigenen Vergänglichkeit Tag für Tag an seiner Seite hat.« Sie hatte die Hände ineinander verschlungen, während sie so dastand. Das Kinn hatte sie auf die Brust gesenkt und betrachtete ihre Fußspitzen. Ein wenig wie ein schuldbewusstes Schulmädchen, wie Herbie fand.

»Lebte er allein? Ich meine, selbst wenn Sie nicht mehr mit ihm zusammenlebten ... so etwas erfährt man ja doch irgendwie.«

Sie blieb stehen und lachte auf.

»Allein? Nein, Hermann Delamot konnte nicht alleine sein. Er brauchte seine Stunden, in denen er ungestört arbeiten konnte. Da konnte er richtig zornig werden, wenn man ihn unterbracht, um ihm eine Tasse Kaffee zu bringen oder so was. Aber er hatte es sehr gerne, wenn man einfach nur in der Nähe war und sich ruhig verhielt. Wenn ich die Buchseiten leise genug umblätterte, habe ich Stunden um Stunden mit meinem Buch in seinem Atelier sitzen dürfen, während er malte. Er liebte das.« Sie seufzte. »Seine zweite Frau war früher sein Modell. Sie hatte feuerrotes Haar, so wie ich früher einmal. Und sie ist so um die vierzig rum. Auch so wie ich früher einmal ...« Ihre Stimme brach und sie wandte sich ab.

Herbie hatte es geschafft, wieder in seine triefnassen Schuhe hineinzusteigen. Während er die Schnürsenkel zusammenzurrte, murmelte Julius: *Die kriegst du nie mehr aufgeknotet. Da musst du morgen mit der Flex ran.*

»Deborah heißt sie. Debbie war eine englische Studentin, die irgendwann von Bonn aus hier in die Eifel gekommen ist. Ein richtiges Satansweib, wissen Sie. Sie hat dem Hermann den Kopf verdreht. Sie nahm damals in Kronenburg an irgendeinem Seminar teil. Und so haben wir sie kennen gelernt. Wir lebten damals zusammen in Kronenburg, der Hermann und ich. Dann stand sie Hermann Modell. Eine leuchtend rote Mähne im Eifelwind. Es war wirklich ein herrliches Bild. Er hat sie immer wieder gemalt. So wie mich, früher. Sie können sich das vielleicht vorstellen. Heute arbeitet sie, glaube ich, beim Fernsehen. WDR Köln, soweit ich das weiß..«

Herbie räusperte sich und blickte Hilfe suchend zu Julius hinüber.

*Da stehst du mit offenem Mund da und möchtest gerne eine Frage stellen. Nun los, frag schon, zaudere nicht, mein Bester. So peinlich kann es doch nicht sein!*

»Nackt?«, fragte Herbie in die Stille.

Ingrid Delamot sah ihn verunsichert an. »Wie bitte?«

Julius lehnte sich an einen Baum und kicherte haltlos.

Herbie spürte, wie ihm das Blut in den Kopf stieg. »Ihr Mann ... Ihr früherer Mann hat ... Er hat hier gemalt und das junge Mädchen war nackt. Hat er oft ... ich meine ... hat er schon früher ...«

Die alte Dame lächelte milde und fischte seine Socken von der Holzbank. Mit dem geübten Griff einer Hausfrau wrang sie das Wasser heraus. »Hermann hat hauptsächlich Landschaften gemalt. Die Eifel war ihm ein unerschöpflicher Quell der Inspiration.« Sie kicherte plötzlich. »Das klingt, als wäre es bereits aus seinem Nachruf. Ab und an malte er

Portraits. Er war eigentlich kein richtig guter Portraitist. Je älter er wurde, desto öfter fand er Gefallen daran, die Landschaft mit dem ein oder anderen Modell anzureichern. Ja, Sie haben Recht, das waren fast immer Aktmodelle. Und nach dem, was ich so gehört habe, habe ich den Eindruck gewonnen, dass diese Modelle immer jünger wurden. Wer weiß, vielleicht war ihm seine Debbie mittlerweile ja auch schon zu alt geworden.« Ein grimmiger Zug grub sich in ihr Gesicht, als sie die letzten Wassertropfen aus den Socken presste. »Debbie hat er nackt gemalt. Das weiß ich. Sie hatte einen herrlich weißen Leib. Davon hat er immer geschwärmt. Und ich habe ihm vor vielen, vielen Jahren auch Modell gestanden.«

Sie sah ihm unverwandt in die Augen und schenkte ihm einen koketten Augenaufschlag. »Nackt.«

Mit einem verwirrten Lächeln nahm er die Socken entgegen.

»Wer hat Sie beauftragt?«

»Beauftragt?«

»Sie sagen, Sie ermitteln. Ich frage Sie, wer Sie beauftragt hat. Ich könnte Ihnen Hinweise geben, aber ich muss wissen, wer Ihnen den Auftrag gab nachzuforschen.«

»Nun, eigentlich ermittle ich eher ... sagen wir mal: in eigener Sache.«

Sie sah ihn verständnislos an. Im Hintergrund veranstalteten plötzlich ein paar Enten aus heiterem Himmel ein Mordsspektakel.

»Mein Freund ist beschuldigt worden, die beiden umgebracht zu haben. Aber er war's nicht.«

Ingrid Delamot zögerte einen Moment und Herbie befürchtete das Schlimmste.

*Grandios, mein Bester. Jetzt wird sie deine Socken wieder ins Maar werfen und das Weite suchen.*

»Sind Sie sicher, dass er es nicht getan hat?«

Herbie nickte eifrig. »Ich kenne Köbes. Er ist ein Säufer und ein lausiger Automonteur. Aber er ist kein Totschläger.«

»Bezahlt Sie jemand?«

Er guckte einen Moment dumm, schüttelte dann den Kopf.

»Ich wohne im Hotel Panorama in Daun. Besuchen Sie mich bitte dort. Morgen Nachmittag. Ich möchte Ihnen gerne einen Auftrag erteilen.« Und als Herbie noch nach Worten suchte, fügte sie hinzu: »Vielleicht entdecken wir gemeinsame Interessen.«

*Ich habe immer gewusst, dass du einen Schlag bei älteren Damen hast. Seit du das Wort »nackt« ausgesprochen hast, ist sie dir hörig.*

Dann drehte sich Ingrid Delamot um und ging mit kleinen Schritten fort.

»Im Hotel?«

»Ja, ich bin sofort hierher gereist, als ich hörte, was mit Hermann geschehen ist. Ich lebe in Mannheim.«

»Wohin gehen Sie denn? Der Parkplatz liegt doch genau in der anderen Richtung.« Herbie streckte den Zeigefinger aus.

»Ich habe mein Auto da oben geparkt.« Sie wies waldeinwärts. Nur wenige Meter von der Bank entfernt führte ein Waldweg zum Kraterrand hinauf. Und jetzt fiel Herbie erst wieder ein, dass sein Auto ja das einzige auf dem Parkplatz gewesen war.

»Wenn wir früher hier waren, haben wir immer dort oben am Schlagbaum geparkt. Das ist zwar verboten, aber man ist viel näher hier am Ufer. Vermutlich hat Hermann mit seinem Wagen auch da gestanden. Er hasste es, seine Staffelei schleppen zu müssen.« Sie hielt noch einmal für einen Augenblick inne, sagte tonlos: »Bis morgen Nachmittag. So gegen vier. Wir trinken Kaffee, und ich erzähle

Ihnen, was mich bedrückt«, und verschwand zwischen den Bäumen.

*Hast du nicht etwas von einer betagten Exhibitionistin in München erzählt? Wer weiß, wenn es keine Blutschande wäre, würde sogar deine greise Tante auf dich abfahren.*

»Julius, verschone mich mit deinen kranken Phantasien!«

*Ich bin eine kranke Phantasie!*

»Denk lieber mal über diesen Waldweg nach. Er mündet direkt da vorne in den Uferweg. Ich bin mir ganz sicher, dass derjenige, der die beiden auf dem Gewissen hat, nicht auf dem Wanderparkplatz gestanden hat.« Er stemmte angriffslustig die Fäuste in der Seite. »So langsam kommen wir in Fahrt, was?«

*Du hast ein Date. In ihrem Hotel. Sie wird mit dir die Minibar leer picheln und dich verführen.*

## Sechstes Kapitel

Als Nächstes machte Herbie eine Reise durch die Supermärkte der Stadt Hillesheim.

Das Städtchen wurde an seinem Ortseingang als »Beispielstadt« angepriesen, das dereinst für seine fortschrittliche Stadtsanierung ausgezeichnet worden war. In der Tat hatte Hillesheim einen gewissen Charme. Vom legendären Viehmarkt, der auch heute noch alle zwei Wochen hier stattfand, und in dessen Verlauf noch Rindviecher und anderes Getier per Handschlag den Besitzer wechselten, hatte Herbie früher bereits gehört.

»Ich sollte mal donnerstags hier hinkommen und versuchen, dich einzutauschen«, feixte Herbie und wies im Vorbeifahren auf den Viehmarktplatz.

*Gegen was denn?*

»Egal gegen was. Sie würden dich nach zwei Tagen zurücktauschen wollen. Aber dann würde ich sagen: Handschlag ist Handschlag, Jungs. Den Kerl habt ihr jetzt bis an euer bitteres Ende am Hals.« Er schickte ein süffisantes Lächeln zu Julius auf den Rücksitz.

Herbie bog ein paarmal aufs Geratewohl ab und parkte das Auto auf einem kleinen Platz vor der Gemeindeverwaltung.

Seine kühne Frage nach einem Supermarkt beantwortete wenig später eine sehr stolze Anwohnerin mit verschiedenen Fingerzeigen in verschiedene Himmelsrichtungen.

Nicht zum ersten Mal wünschte er sich, er wäre endlich im Besitz eines Handys. Ein Anruf bei Ulrike hätte ihm vielleicht weitergeholfen.

Herbie beschloss, sich vom Ortszentrum aus langsam hinaus auf die grüne Wiese vorzuarbeiten.

Brav schob er Einkaufswagen durch Gemüseabteilungen, spähte zwischen endlosen Konservenreihen hindurch, hörte Kaufhausmusik und schrak bei jedem gelben Haarschopf auf.

Von Zeit zu Zeit war er versucht, sich den Wagen voll zu laden, aber immer wieder musste er sich vor Augen führen, dass er keinen Kühlschrank besaß, ja, nicht einmal einen Campingkocher, um sich ein schnödes Ei zu kochen.

Mit dem vierten Supermarkt war er schließlich am Ortsende von Hillesheim angelangt, und ihn verließ langsam der Mut.

*Ein wahres Shopping-Mekka, dieses Städtchen. Bloß schade, dass Katzenfutter wahrscheinlich das Einzige ist, was dir deine Bauarbeiter nicht wegfressen würden. Magst du lieber Whiskas mit Thunfisch oder die kleinen feinen Döschen von Sheba?*

Herbies Hunger wurde mit einem Mal unerträglich angesichts der ihm dargebotenen Fülle. Er stellte verdutzt fest, dass er seit dem Puddingteilchen am Morgen vor der Zugfahrt nichts mehr zu sich genommen hatte und entschied sich spontan für vier eingeschweißte Mettwürste, einen Becher Vanillemilch, einen linksdrehenden Joghurt, eine Tüte Gummibärchen und eine Schachtel Kräcker.

*Hmmm ... Das sieht nach einem lauschigen Candlelight-Dinner nur für uns zwei aus.*

Plötzlich fuhr Herbie zusammen. »Da vorne!«, zischte er, und ein pickliger Teenie, der in die Betrachtung diverser Herrenmagazine am Zeitungsständer vertieft war, zuckte erschrocken zusammen.

Dann spurtete Herbie los, umrundete mit seinem rasselnden Einkaufswagen ein paar schwatzende Kundinnen, schoss durch eine Lücke zwischen einem Rentner und einer Dosenpyramide und kam schließlich keuchend vor einer jungen Verkäuferin im Kittel zum Stehen. Sie war etwa zwanzig und ihr Haar war zitronengelb und stand in alle vier Himmelsrichtungen von ihrem Kopf ab.

*Superzeit, das muss man dir lassen. Nur an der Persil-Schikane hätte es dich fast aus der Kurve getragen.*

Das Mädchen musterte Herbie überrascht. »Kann ich Ihnen irgendwie helfen?«

Herbie schnappte nach Luft. »Sie sind ... sind Sie die ... oh, Entschuldigung, ich weiß gar nicht, wie ich anfangen soll ...«

»Soll das 'ne Anmache werden, oder was?« Sie rümpfte die Nase.

*Ein knallhartes Verhör. Oh wirklich, mein Teuerster. Du hast es echt drauf, wie man so schön sagt.*

»Nein, nein, ich wollte Sie nur fragen, ob Sie ...« Er vollführte eine hilflose Geste mit der Rechten. »Hätten Sie vielleicht einen Moment Zeit für mich. Ist ja gleich Feierabend. Und da dachte ich, Sie ...«

»Wenn du's nötig hast, dann kauf dir da vorne die St. Pauli-Nachrichten und lass mich gefälligst in Ruhe.«

Sie wandte sich ab und fuhr fort, an ihrem Auszeichnungsapparat herumzuwerkeln.

»War die Nati Ihre Freundin?«

Sie zuckte zusammen und drehte sich langsam wieder zu ihm um. Ihr Blick war plötzlich sehr leer.

»Wenn nicht, dann entschuldigen Sie bitte, dann habe ich mich ...«

»Sind Sie von der Zeitung?«, fragte sie lauernd.

»Nein, ich habe sozusagen ein privates Interesse.«

»Verwandtschaft von dem Alten?«

Herbie überlegte blitzschnell und nickte stumm.

»Ich hab mit der ganzen Sache nix zu tun. Nati und ich haben uns schon fast zwei Monate nicht mehr gesehen. Lassen Sie mich in Ruhe.«

»Hattet ihr Streit?«

»Hmmm.« Sie zupfte ein verunglücktes Preisschildchen aus dem verchromten Gerät in ihrer Hand. »Die hatte echt 'ne Macke in letzter Zeit. Die war voll krass drauf, da kam ich nicht mehr mit.«

»Voll krass drauf?« Herbie versuchte, besonders viel Einfühlungsvermögen in die Frage zu legen. »Auf was drauf?«

Julius verdrehte entgeistert die Augen.

»Die ging mir auf'n Zeiger. Total männergeil. Hat versucht, mir 'nen Typen auszuspannen. Und da hab ich ihr gesagt ›He, Mädchen, so läuft das nicht‹, und dann hab ich ihr den Laufpass gegeben. So einfach. Und jetzt lass mich in Ruhe, ich hab hier zu arbeiten, klar?«

»Kanntest du den Alten ... den Hermann auch?«

»Nö. Nati hat nur von dem erzählt. Der war ziemlich scharf auf sie. Alter geiler Sack eben. Mehr weiß ich nicht. Lass mich jetzt ...«

Herbie holte zu einer weiteren Frage aus, und sie fuhr ihn mit schneidend scharfer Stimme an: »Verpiss dich jetzt. Ich weiß nix über deinen alten Onkel, oder wer das ist, kapiert?«

*Wenn du sie jetzt noch nach der Uhrzeit fragst, schlägt sie dir mit einer Büchse Ananas die Zähne aus.*

Herbie hob entschuldigend die Hände und machte mit dem Einkaufswagen eine Kehrtwendung. Über die Schulter rief er noch: »Ich heiße Herbie ... und du?«

Es dauerte eine Weile, und er rollte bereits in Richtung Kasse, als sie leise murmelte: »Anja.«

Herbie bezahlte, und sie verließen den Supermarkt durch die gläserne Drehtür.

*He, du hast die St. Pauli-Nachrichten vergessen!*

Auf der Fahrt nach Bad Münstereifel schob Herbie sich voller Gier zwei Mettwürste rein, futterte die halbe Tüte

Gummibärchen und stürzte die Dose Vanillemilch hinunter. Danach war ihm reichlich schlecht.

»Diese Anja ist eine widerborstige kleine Göre«, konstatierte er und musste sauer aufstoßen.

*Oh, Junge, du kennst dich aus mit Frauen.*

Aus dem Kassettenrekorder dudelte ein Symphonieorchester die Filmmusik zu »Lawrence von Arabien«. Die Sandberge der Sahara, die bewaldeten Hügel der Eifel ... Köbes' Filmmusik ließ zusammenwachsen, was nicht zusammengehörte.

Als er den Hausflur betrat, begegnete er den Bauarbeitern, die gerade Feierabend machen wollten.

»Von dem Bier bleibste von, klar?«, raunzte der eine.

»Tu mal wat Klopapier aum Klo«, der andere.

*Es wundert mich sehr, dass sie keine zweite Liege verlangen.*

Herbie stiefelte unbeirrt die Treppe zu seiner Unterkunft hinauf und schloss auf.

In der Wohnung erwartete ihn eine Überraschung. Seine Gartenliege fand er eingeklemmt hinter sechs riesigen Paketen Rigips-Platten. Das Fenster war zugestapelt worden.

»Ist ja super!« Herbie kletterte ächzend zwischen den Baumaterialien hindurch und packte beherzt seine Bettstatt. Er rüttelte und zerrte und brachte es zuwege, die Liege herauszubugsieren. »Jetzt ist aber Schluss!«

Julius stand im Türrahmen und nickte anerkennend mit dem Kopf.

»Weißt du, Julius, wenn diese Typen noch so einen dummen Spruch gebracht hätten, hätte ich ihnen die Fresse poliert, das kannst du mir glauben.« Er klappte im Nachbarzimmer wütend die Liege auseinander und klemmte sich dabei gehörig die Finger. Das Erste, was er nach einem nicht enden wollenden Fluch hervorbrachte, war: »Wenn ich diese verdammten Arschgeigen noch einmal sehe, dann werde ich denen mal gehörig ...«

Hinter ihm war einer der Bauarbeiter unbemerkt noch einmal zurückgekehrt.

»Ab morjen Mittach wird im janzen Haus dat Wasser abgedreht, wollt ich noch sagen.«

Herbie bedankte sich artig. »Ich geh mich im Schwimmbad duschen.«

* * *

»Verdammter Dreck!« Wallraff warf entnervt den Pinsel in eine Ecke des kleinen Raums und zündete sich ein Zigarillo an. Er warf das Streichholz weg und schrak auf, weil es nur um Haaresbreite das Glas mit dem Terpentin verfehlt hatte.

Drei winzige Buchstaben. Drei Stück! Scheiß-drei scheißwinzige Scheiß-Buchstaben! Das konnte doch nicht so schwer sein!

Er blickte wieder auf den Stapel von Fotokopien, auf denen deutlich die Buchstaben »FvW« zu erkennen waren.

»Fritz von Wille, Eifelmaler«, las er auf einer der Kopien. »Geboren 1860 in Weimar, gestorben 1941 in Düsseldorf.«

Wallraff war neidisch auf Delamot gewesen. Aber das hätte er dem alten Zausel gegenüber natürlich niemals zugegeben. Er hatte das immer alles abgetan. »Ein bisschen Geschmiere, ein bisschen Gepinsel. Heraus kommt ein Bild. Na und? Es gibt Fotoapparate. Bilder machen kann jeder. Jeder Vollidiot kann Ginster, Ruinen oder sogar Titten zu einem Bild machen, wenn er nicht zu doof ist, den Auslöser zu finden. Was ist eigentlich an der Malerei besser? Mit Malen kann man nur in den seltensten Fällen Geld verdienen. Da braucht man dann schon Leute wie mich, die das ganze Geschmiere in bare Münze umsetzen. Leute mit Ideen.«

Delamot hatte gegrinst und abgewunken. Er ahnte, dass Wallraff in Wirklichkeit eine tiefe Liebe zur Malerei hegte.

In Momenten wie diesem wurde Wallraff bewusst, wie sehr er von Leuten wie Delamot abhängig gewesen war. Schon in der Schule hatte er selbst bestenfalls ein paar Strichmännchen malen können. Ein paar Schmierereien auf dem Jungenklo, ein paar Kritzeleien während langweiliger Telefonate, das war das künstlerische Gesamtwerk seines Lebens.

Und jetzt, wo dieser blöde alte Delamot tot war, war er aufgeschmissen. Er konnte nicht mal diese drei beschissenen Initialen auf die unsignierten Ölbilder bringen. Da hatte in Neuwied alles so prächtig geklappt, da hatte der trauernde Sohn mit einem vieldeutigen Zucken der Augenbrauen die paar Geldscheine eingestrichen, die Wallraff ihm hingehalten hatte, und eigentlich hätte es so laufen können wie immer. Aber seit ein paar Tagen lief nichts wie immer.

Vielleicht war er nur zu nervös. Vielleicht war das nächste Ding einfach eine Nummer zu groß.

Er trat wütend einen Stapel alter Zeitungen um. Dosen schepperte durch den Raum. Wallraff zuckte zusammen und huschte zum Fenster, um zu sehen, ob niemand ihn bemerkte. Er wischte eines der kleinen, dreckigen Scheibchen sauber und spähte über die verwilderten Hecken hinüber. Der Nachbar blieb verschwunden.

Stattdessen kam der Tscheche die Treppe runter. Wallraff mochte ihn eigentlich nicht. Er war maulfaul und konnte sehr schnippisch werden. Sein Kumpel, dieser dürre Typ mit dem unmöglichen Ossidialekt, vermittelte manchmal den Eindruck, als könne man sich unter anderen Umständen ganz gut miteinander unterhalten. Aber sie sprachen nicht viel. Es waren nur zwei Tage, das reichte nicht zum Kennenlernen. Ab morgen würde er die beiden nie wiedersehen.

»Gib mir auch ein«, sagte der Tscheche leise. Er trug nur ein olivfarbenes T-Shirt und einen weißen Slip. Wallraff hatte seinen Namen nicht richtig verstanden. Der Ossi sagte »Watzi«, vermutlich hieß er Vaclav oder so. Könnte er Tschechisch, käme er bestimmt gut bei dem an. Er selbst sprach fließend Französisch und Englisch, aber Tschechisch ... Er reichte Vaclav ein Zigarillo.

Der Mann zündete es an. Das Zischen des Gasfeuerzeugs und das Knistern des anbrennenden Tabaks waren das Einzige, was zu hören war.

»Wo ist dein Kollege?«, fragte Wallraff möglichst beiläufig.

»Oben«, sagte der Tscheche gelangweilt. »Liest.«

Sie schlichen hier im Haus seit ein paar Stunden umeinander wie die Katzen, vermieden jeden Laut. Es war gefährlich, hier zu übernachten, sicher. Ausgerechnet hier! Die Tür war mit dem Polizeisiegel verklebt, aber Wallraff kannte ja den geheimen zweiten Eingang über das Garagendach. Und vor morgen früh würde hier kein neugieriger Bulle mehr aufkreuzen. Nur vor den Nachbarn musste man sich höllisch in Acht nehmen.

»Ich jetzt in Bett«, sagte der Tscheche. »Morgen schön sein.« Er grinste. Wallraff schmunzelte. Vielleicht doch kein so übler Typ. Die beiden waren wohl schon lange zusammen. Ob sie schwul waren? Wallraff hatte noch nichts beobachten können. Er hatte die beiden in Köln aufgetan. Ein Bekannter hatte mal mit ihnen zusammengearbeitet. Angeblich waren sie verlässlich.

Nun ja, er hatte keine andere Wahl. Das, was ihnen bevorstand, konnte er nicht alleine durchziehen.

»Ich geh auch gleich in die Kiste. Ich muss nur noch die beiden Bilder fertig machen.« Er ließ den Blick über die beiden Expertisen wandern, die auf dem kleinen Regal neben dem Arbeitstisch lagen. Alles okay. Daran würde es nicht scheitern. Briefkopf vom alten Professor Gehlen. Längst tot und längst verfault. Eine krakelige Unterschrift. Expertise ... Taxator ... Kein Mensch würde die Fälschung bemerken.

»Bis morgen«, sagte der Tscheche und verschwand wieder die Treppe hinauf.

Wallraff drehte sich wieder zum Tisch und nahm einen langen Zug an seinem Zigarillo. Er atmete tief durch und zwang sich zur Ruhe. Das musste jetzt was werden. Der Typ, der diese Bilder bei ihm gut hatte, konnte gefährlich werden. Gerade jetzt musste er unbedingt jegliches Aufsehen vermeiden. Wenn diese Dinger erst mal abgeliefert waren, war er quitt mit dem Kerl und hatte seine Ruhe. Ein Prozess wegen Fälscherei oder so was, das fehlte ihm jetzt gerade noch. Jetzt, wo er dabei war, mal so richtig abzusahnen.

Er hatte die beiden Bilder bereits telefonisch angekündigt. Sie würden »Abendrot bei Blankenheim« heißen und »Herbst im Ahrtal.« Es waren schöne, anonyme Motive, die einen Pfusch dieser Art zuließen.

Er tauchte wieder den Pinsel in die Farbe.

»F.«

Wallraff klemmte die Zungenspitze zwischen die Lippen. Ging doch ganz gut. Wenn er nur nicht so nervös wäre.

Aber wer wäre nicht nervös, bei dem, was sie morgen vorhatten. Wenn alles glatt ging, hätte dieses Geschmiere vorerst ein Ende. Dann wäre er fein raus. Keine Altenheime mehr, kein Geschwätz, kein Fälschen von Expertisen mehr. Wenn alles glatt ging, dann hatte er endlich das finanzielle Polster, mit dessen Hilfe er was Neues anfangen konnte.

Aber wenn es schief ging ...

Er tröstete sich, dass er dann im Knast viel Zeit hätte. Sehr viel Zeit. Unter Umständen würde er sich ein Hobby zulegen. Vielleicht würde er an der Fern-Uni Kunst studieren. Er grinste ironisch und holte zum kleinen »V« aus.

Farbe tropfte auf das »F«. Drei fette braune Kleckse.

Fluchend schleuderte Wallraff den Aschenbecher durch den Raum.

## Siebentes Kapitel

Die Tür flog auf, und der kleine braun gebrannte Mann hinter dem Schreibtisch hätte fast den Hörer fallen lassen.

»Hillesheim ist weg!«

Heinz-Peter Hoffmann, Pressesprecher des Landkreises Daun, wollte gerade losdonnern, als er das nackte Entsetzen im Gesicht der hereinstürmenden Sekretärin erkannte. Langsam nahm er die Füße vom Schreibtisch und ließ den Telefonhörer sinken. »Ich telefoniere!«

»Die versuchen schon die ganze Zeit, Sie zu erreichen. Hillesheim ist weg!«

»Wie – Hillesheim ist weg? Was soll das denn?« Er knurrte ein »Ich rufe gleich noch mal an« in den Hörer und legte auf.

Es war einer jener Tage. Einer, der genau so begann, wie andere auch: Auf ihn wartete ein Arbeitspensum, das er kaum bewältigen konnte. Was er am wenigsten gebrauchen konnte, war eine durchgeknallte Sekretärin. »Jetzt beruhigen Sie sich erst mal, und dann erklären Sie mir vielleicht ...«

»Hillesheim ... Das Bild ... Der ›von Wille‹. Das Bild ist weg!«

Hoffmanns Gesichtsfarbe veränderte sich augenblicklich um einige Schattierungen ins Pastellfarbene.

Der Landkreis Daun war stolzer Besitzer einer Reihe von sieben kostbaren Ölgemälden, die einer seiner prominentesten Bürger, der Künstler Fritz von Wille, im Jahr 1911 für den Sitzungssaal des früheren Kreishauses angefertigt hatte. Große Gemälde von überwältigender Schönheit und hohem künstlerischen Wert. Als Erstes war damals ein monumentales Werk fertiggestellt worden, das die Stadt Hillesheim inmitten ihrer trutzigen Mauerumwehrung darstellte. Kein Geringerer als Kaiser Wilhelm Zwo war anlässlich seines Besuches in Daun einer der Ersten gewesen, die das riesige Bild in Augenschein genommen hatten.

»Das ist doch ein Spaß, oder?« Hoffmann versuchte ein Lächeln. Die Spitzen seines dünnen Schnurrbarts zuckten nach oben. »Ein Witzchen. Versteckte Kamera, oder so.«

»Es ist weg!«, beteuerte die Sekretärin mit panisch aufgerissenen Augen. »Der Landrat steht unten und brüllt alles zusammen.«

Dessen Stimme schallte durchs Treppenhaus.

Hoffmann stürzte die Treppen hinunter, als ginge es in den Jahresurlaub. Die Wand, auf die er zustolperte, war leer. Fast konnte man meinen, an der Stelle, an der bis vor kurzem noch ein etwa zweifünfzig mal einsfünfzig großer Ölschinken gehangen hatte, sei die Wandfarbe ein wenig heller.

Hoffmann ließ den Kopf herumgehen. Das alte Daun ... Gerolstein ... alles hing an seinem Platz. Wo war Hillesheim?

»Das muss man sich mal vorstellen!«, tobte Landrat Heinz Onnertz und ruderte wie wild mit den Armen. »Fahren diese Typen mit einem Lieferwagen vor, kommen hier in weißen Kitteln reinspaziert, zeigen im Vorbeigehen an der Zentrale eine Art Ausweis oder was weiß ich, murmeln was von Restaurierung, greifen sich das Bild von der Wand und rauschen wieder ab! Das gibt's doch gar nicht, so was. Raub und Klau am helllichten Tag! Ja, sind wir hier denn in Palermo?«

Das letzte »O« schallte durch die Gänge.

Im Treppenhaus hatte sich unterdessen vom Büroboten bis zur Putzfrau alles versammelt und beobachtete stumm und in sicherem Abstand das Geschehen.

»Da war eine Schramme im Himmel von Hillesheim«, wagte sich jemand aus dem Personalbüro zaghaft und mit dünner Stimme vor. »Vielleicht ist es ja wirklich zur Restaurierung ...«

»Kein Mensch hat das in Auftrag gegeben, stimmt's?«, brüllte der Landrat und fixierte seinen Pressesprecher. »Es ist geklaut! Gemopst! Einfach so. Da lacht morgen die ganze Eifel drüber, das kann ich euch flüstern, Freunde!«

In Hoffmanns Gehirn wirbelten die Gedanken umeinander. Die Presse! Was würde er der Presse erzählen? Er sah eine Lawine von Anrufen auf sich zurollen. Journalisten, Kunsthistoriker ... die ganze Palette.

Von der gläsernen Eingangstür her näherten sich zwei Polizeibeamte. Auch ihre Gesichter ließen jegliche Schadenfreude vermissen. Das Polizeigebäude lag gleich nebenan. Was immer hier geschehen war, es hatte sich unmittelbar vor ihrer Nase abgespielt. Der einfache Bürger zeigte in solchen Fällen wenig Verständnis.

Der Pförtner redete verzweifelt auf die beiden Uniformierten ein. »Da war ein Mann, der mich total konfus gemacht hat. So ein Dicker. Der redete auf mich ein und zeigte mir die ganze Zeit irgendwelche Formulare, mit denen er sein Auto ummelden wollte. Er sprach Französisch und war sehr durcheinander. Ich wollte ihn zum Straßenverkehrsamt schicken, aber der kapierte einfach nicht, was ich ihm sagen wollte. Und über diese ganze Sache kommen zwei junge Burschen im weißen Kittel rein, zeigen mir so im Vorbeigehen ein Schreiben. Ich lese ›Kreisverwaltung Daun‹, ich lese ›Restaurator‹ und ›Auftrag‹, und denke noch: Da muss ich aber gleich nachfragen. Und während ich versucht habe, diesen Franzosen abzuwimmeln, haben die beiden schon das Bild von der Wand genommen, Wolldecken drübergeschlagen, Paketband drumherum gewickelt und spazieren raus damit. Da stand irgendein graues Fahrzeug. Ein Kombi oder so.«

»Und Sie haben sie nicht aufhalten können?« Der eine der Polizisten prüfte die beiden einsamen Befestigungshaken an der leeren Wand.

»Das ging doch alles so rasend schnell!«

Der Pressesprecher nickte grimmig. »Überrumpelt. Total überrumpelt.« Er legte dem zerknirschten Pförtner beruhigend die Hand auf die Schulter.

»Mannomann«, murmelte der Landrat. »Das war so ein schönes Bild. Richtig schön. Das sehen wir nie mehr wieder.«

Sein Pressesprecher hätte gerne etwas Tröstliches gesagt. Etwas wie »Wir haben ja noch fünf andere«. Aber sein Amt hatte ihn gelehrt, dass das falsche Wort zum falschen Zeitpunkt Kriege heraufbeschwören konnte.

## Achtes Kapitel

Eine Zeitung, Julius. Eine Zeitung kann nichts schaden«, sagte Herbie und stieg an der Tankstelle in Bad Münstereifel zurück in den Wagen. »Es gibt Neuigkeiten in unserem Mordfall.«

*Das ist nicht mein Mordfall. Es wundert mich überhaupt, dass die hiesige Zeitung sich einer Geschichte annimmt, die sich am anderen Ende der Welt abgespielt hat.*

»Die Eifel hört nicht an der Landesgrenze auf, mein Lieber. Und darf ich dir noch ins Gedächtnis zurückrufen, dass der Hauptverdächtige seinen Wohnsitz etwa zwanzig Minuten von hier entfernt hat?«

*Und? Was schreibt man so?*

Hinter ihnen hupte ein ungeduldiger Mercedesfahrer.

Herbie guckte in den Rückspiegel, murmelte grimmig: »Für dich sind solche Aufkleber gemacht«, startete den Wagen und brachte das Kunststück fertig, an einem anderen Fahrzeug vorbei auf die Straße abzubiegen, dabei mit der Linken einen Schokoriegel aus der Verpackung zu schieben und mit der Rechten auf dem Beifahrersitz den Lokalteil aufzublättern.

Während er die Stadt umfuhr, versank er fast völlig in den Artikel und erlaubte sich nur von Zeit zu Zeit einen kurzen Blick auf die Straße.

»Das ist ja 'n Ding«, sagte er und lutschte sich die Schokolade von den Fingern. »Die Nati war schwanger. Zweiter Monat, sagt die Zeitung.«

*Sagt sie auch von wem, die Zeitung?*

»Hier ist auch ein Foto von Delamot. Vor seinem Haus. Putzig. Moment mal. Die Bildunterschrift ist so klein ...« Er beugte sich zum Beifahrersitz hinunter. Das Fahrzeug schlingerte gefährlich. Als er wieder aufblickte, sprang der Kreisverkehr am Südzipfel Münstereifels völlig unerwartet auf ihn zu. »Vor seinem Haus in Kronenburg. Weißt du was? Da fahren wir hin. Das möchte ich mir ansehen. Da erfahre ich vielleicht mehr über unseren großen Eifelmaler.«

*Fahr du nur weiter so. Dann kannst du ihn bald schon persönlich befragen.*

Kronenburg war ein zweigeteiltes Dorf: Der eine Teil lag unten im Kylltal und wurde flankiert von einem großen Stausee. Der ältere Teil befand sich innerhalb des alten Burgberings und an dessen Außenseite auf dem Bergrücken hoch über dem Tal. Als idyllischer Malerwinkel war der kleine Ort weit über die Grenzen der Region hinaus bekannt. Und in diesem Zusammenhang hatte er am Rande auch durchaus traurige Berühmtheit erlangt: Im Dritten Reich hatte Professor Werner Peiner die Ausbildungsstätte für Monumentalmalerei aus Düsseldorf hierher verlagert, in die stille Abgeschiedenheit der Eifel. Hermann Göring war von Peiners Blut- und Boden-Malerei derart angetan, dass die Schule nach einem persönlichen Besuch das Prädikat »Reichs-Malerschule Hermann Göring« erhielt.

Herbie hielt die Zeitung in der Hand und plauderte munter drauflos, als er durch das steinerne Tor spazierte. Kein Mensch war weit und breit zu sehen. Nur ein paar holländische Touristen machten Kaffeepause auf einem Treppenabsatz.

»Hör dir das an, was hier im Kulturteil steht, Julius: ›Der Kindermord von Bethlehem‹, Peter Paul Rubens ... Ist bei Sotheby's für sage und schreibe 49,5 Millionen Englische Pfund über die Theke gegangen. Da kann man sich doch nur noch an den Kopf packen, oder?«

*So wie die Holländer das gerade tun?*

»Hm? Ach so. Egal. Und hier: Das teuerste Gemälde deutscher Herkunft ist das ›Selbstbildnis mit Horn‹ von Max Beckmann. Oh, Junge, Junge. 25 Millionen Euro! Das ist sogar ausgesprochen hässlich, wenn du mich fragst.«

Herbie brauchte nicht lange zu suchen, bis er das Haus gefunden hatte, das auf dem Zeitungsfoto dargestellt war. Es lag innerhalb der alten Burgmauer und reihte sich in ein schmuckes Ensemble alter Fachwerkhäuschen ein.

Auf dem Klingelschild stand kein Name, und Herbie zögerte einen Moment, ehe er auf den Knopf drückte.

Erst in diesem Augenblick wurde ihm bewusst, dass er im Begriff war, mit der Witwe eines der beiden Mordopfer zu sprechen. Er konnte hier unmöglich als Freund von Köbes auftreten, als Saufkumpan des Mannes, den sie alle für den Mörder hielten.

*Und gestern? Die alte Dame am Maar? War das keine Witwe?*

»Aber nicht die aktuelle. Die Witwe ersten Grades, wenn du verstehst, was ich meine. Was soll ich sie fragen? Mein Gott, Julius, was soll ich sie denn nur fragen?«

Die Tür öffnete sich wenige Augenblicke später, und Deborah Delamot stand vor ihm. Der Name klang tatsächlich wie ausgedacht. Sie war eine unglaublich schöne Frau. Ihre rote Mähne lag wie ein feuriger Wirbel um ihren Kopf, und sie hatte ein Gesicht wie aus Porzellan. Ihre Figur war nicht weniger spektakulär, und Herbie verschlug es schlichtweg den Atem. Was sollte er sie nur fragen?

*Frag sie als erstes Mal, ob das da alles echt ist.*

Sie setzte die Sonnenbrille auf. Ein Zeichen der Trauer. Warum hatte sie das nicht getan, bevor sie die Tür geöffnet hatte? Hatte sie jemand anderes erwartet?

»Ja?«, fragte sie den stummen Herbie Feldmann, nachdem einige Augenblicke verstrichen waren. »Was gibt's?« Sie wirkte nicht ungeduldig, nicht entnervt. Tatsächlich umspielte der Anflug eines Lächelns ihre Mundwinkel. Vermutlich war sie es gewohnt, dass ihr Auftreten eine solche Wirkung auf Männer hatte.

»Sie kommen von der Zeitung?«

»Wie bitte?« Herbie erinnerte sich an die zusammengerollte Tageszeitung, die unter seinem Arm klemmte. »Von der Zeitung, genau. Ich komme von der Zeitung, Frau ...«

»Delamot.«

»Frau Delamot, genau. Von der Zeitung.«

*Sag's noch mal. Los, sag's ruhig noch mal.*

»Sind Sie der Herr, mit dem ich gestern telefoniert habe?« Sie öffnete die Tür vollends und wandte sich um. Dies war die unausgesprochene Einladung einzutreten.

»Der Artikel ist sehr gut gelungen. Ich bin sehr froh.« Sie ging voran, und es wollte Herbie einfach nicht gelingen, seinen Blick von ihrem wohlgeformten Hinterteil abzuwenden. »Kommen Sie doch bitte herein. Gibt es denn noch irgendwelche Fragen?«

Das Innere des Hauses war eine weitere Überraschung: Chrom und Schwarzweiß, wohin das Auge blickte. Nach einem kurzen Gang durch einen gefliesten Flur umfing sie ein nacktes, kühles Wohnzimmer, ein Raum, in dem man vermutlich selbst im Hochsommer Frostbeulen bekam.

Sie drehte sich herum und lächelte. »Das haben Sie hier nicht erwartet, oder? Ich bin nicht so eine bunte Type. Bei der Einrichtung musste ich Hermann ganz schön auf die Sprünge helfen. Er war ja eher so der Verträumte. Aber es hat nicht lange gedauert, bis er begriffen hat, dass es sich so besser leben lässt.« Sie biss sich auf die Lippen, als sie bemerkte, wie verquer ihre letzten Worte in Verbindung mit den Ereignissen der letzten Tage klangen. »Aber in jedem guten Bild muss ein Kleckschen Rot enthalten sein. Ich war das Kleckschen Rot in unserem Haus.« Sie legte die Arme um die Schultern, als fröstele sie.

*Du hättest dich als Heizdeckenverkäufer ausgeben sollen, mein Teuerster.*

Frau Delamot deutete auf die schneeweiße Ledergarnitur. »Nehmen Sie einen Kaffee mit mir?«

Herbie nickte und klammerte sich an seine Zeitung, während er auf das kalte Sitzmöbel sank.

»Schwarz?« Frau Delamot war im Begriff in die angrenzende Küche zu verschwinden.

Herbie starrte verwirrt auf das Leder.

*Der Kaffee. Nicht das Sofa. Oh je! Die müssen da in München fürchterliche Dinge mit dir angestellt haben.*

»Mit Milch bitte!«, rief Herbie zaghaft hinter ihr her. Und dann zischte er leise: »Bitte, bitte Julius, bring mich jetzt nicht durcheinander. Das kann verdammt ins Auge gehen.«

Julius fuhr mit dem Finger über die weißen Kacheln des voluminösen Kaminofens, der mitten im Raum stand, und betrachtete seine Fingerkuppe. *Kein Staub. Keine Farbe. Keine Geräusche. Die Quarantänestation der NASA ist ein Drecksloch dagegen. Tu einfach so, als wäre ich nicht da.*

»Das funktioniert seit fast zwanzig Jahren nicht richtig!«

Deborah Delamot kam mit einem kleinen Tablett herein und setzte es vor Herbie auf den Rauchglastisch. Er betrachtete ihre schneeweißen Hände, während sie Milch in seine Tasse goss.

»Sie können sich nicht vorstellen, was hier los ist. Hermanns Tod hat die ganze Welt erschüttert, möchte man meinen.« Sie ließ sich auf einen Sessel sinken und zog die Beine auf die Sitzfläche. Ihre Pose war eindeutig: Sie war das schutzlos zurückgelassene scheue Reh, das zerbrechliche Porzellanpüppchen, das sich vor der bösen Welt in ihrem Puppenhaus verkroch.

Julius formulierte es ähnlich. Er beugte sich zu Herbie hinunter und flüsterte verschwörerisch: *Das arme weiße Putenbrüstchen, das sich in seinem Gefrierfach verkriecht.*

»War die Polizei noch einmal hier?«, fragte Herbie, um einen Anfang zu machen.

»Oh ja, gestern Mittag kam schon wieder jemand. Man hat mir mitgeteilt, dass diese kleine ... dieses junge Mädchen, Hermanns Modell ... na, also. Sie war schwanger. Das haben Sie ja auch schon in Ihrem Bericht erwähnt. Übrigens sehr dezent, das möchte ich Ihnen noch einmal sagen. Die Presse ist nicht immer so zurückhaltend.«

»Wir tun unser Bestes«, sagte Herbie zaghaft und räusperte sich. »Darf ich Ihnen eine indiskrete Frage stellen?«

»Seit die Polizei mich täglich befragt, bin ich indiskrete Fragen gewohnt. Versuchen Sie's. Aber seien Sie bitte nicht eingeschnappt, wenn ich nicht antworte. Das habe ich auch gelernt in den letzten Tagen.«

»Könnte vielleicht Ihr Mann, Herr Delamot, der Vater ...«

»Nein«, kam es schnell und abgehackt. Weiter sagte sie zu diesem Thema nichts.

Herbie schlürfte verlegen an seinem Kaffee und grübelte fieberhaft über die nächste Frage nach.

Sie lachte auf. »Haben Sie Ihr Pulver schon verschossen?«

»Warum hängen hier keine Gemälde Ihres Mannes?« Es gab ein paar großformatige Schwarzweißfotografien, und an der Wand über Herbies Kopf prangte eine riesige, weiße Leinwand, auf der ein paar blassgraue Striche verteilt waren.

»Glauben Sie, hier würden bunte Ginsterbilder hinpassen?« Sie vollführte eine ausladende Geste mit dem Arm. »Nicht, dass Sie mich falsch verstehen, Herr ...«

*Herr ... naaa?*

Herbie schoss das Blut in den Kopf. Er spürte, wie es in seinen Ohren rauschte. Mit welchem Journalisten hatte Deborah Delamot telefoniert? Sein Blick fiel auf die Zeitung, und eine warme Welle der Erleichterung schwappte über ihn hinweg, als er sah, dass diese glücklicherweise so lag, dass er den Artikel über Delamot und Nati erkennen konnte. »Von unserem Redakteur F. A. Heinen«.

»Heinen«, spuckte er den Namen geradezu heraus.

»Ach ja, Herr Heinen, verzeihen Sie. Diese geheimnisvollen Initialen, wofür stehen die?«

»Das F. A.?«

»Ja, genau? Fritz Achim?«

Herbie versuchte ein sybillinisches Lächeln. »Dann wären sie ja nicht mehr geheimnisvoll, oder? Alle Welt nennt mich ›F. A.‹, verstehen Sie.«

*Es wird immer schlimmer mit dir. Du redest dich um Kopf und Kragen. Kein Mensch heißt F. A.!*

»Was ich sagen wollte, ist Folgendes: Ich habe die Malerei meines verstorbenen Mannes wirklich sehr geschätzt, Herr Heinen. Hermann war ein großer Künstler. Und über seine Kunst haben wir uns ja schließlich auch kennen gelernt. Wissen Sie, das Portrait- oder Aktmalen war nicht gerade seine Stärke, aber er war ein grandioser Landschaftsmaler. Einer von der ganz alten Schule. Er hat ein paar Jahre hier oben gelernt, in der Schule des Professors. Seine Bilder sind nicht hier, weil sie einfach nicht hierher passen. Ich erzähle Ihnen jetzt etwas, was Sie wirklich rühren wird und Ihnen zeigt, wie groß Hermanns Liebe zu mir tatsächlich war. Vor vier Jahren wurde ich krank. Eine Sache mit den Bronchien. Es ging mir sehr schlecht damals. Hermann hat sofort beschlossen, sein Atelier aus diesem Haus zu entfernen. Ständig hing dieser Geruch von Lösemitteln und Terpentin in der Luft. Der Firnis, das Leinöl ... das riechen Sie im ganzen Haus.«

»Ihr Mann hat nicht mehr hier im Haus gemalt?«

»Seine Schwester starb vor ein paar Jahren. Sie war alleinstehend und er erbte ein kleines Einfamilienhaus in Mirbach. Dorthin hat er sich dann zurückgezogen, wenn er malen wollte. Dort konnte er tun und lassen, was er wollte. Er störte keinen. Manchmal, wenn er bis spät in die Nacht gearbeitet hatte, dann hat er dort auch übernachtet. Ich weiß nicht, ob Sie sich das vorstellen können, aber wenn ein Künstler mitten in einem großen Werk steckt, löst sich die Welt um ihn herum in Wohlgefallen auf.«

»In Mirbach?«

»Ja, nahe bei der Kirche. Es müssen Hunderte von Bildern und Skizzen dort sein. Ich überlege derzeit, was ich mit ihnen machen werde.«

»War dieses Mädchen, diese Renate Zalfen, ein Aktmodell Ihres Mannes?«

»Naja, Sie haben ja Hermanns letzte Skizze gesehen. Die, die am Holzmaar entstanden ist. Nicht wahr?«

»Ja, in der Tat.« Herbie räusperte sich. »Das habe ich.«

»Na also.«

»Hm.«

»Die sagt ja eigentlich alles. Nackter geht's doch nicht.«

»Kaum.«

»Na also.«

»Kannte er Fräulein Zalfen schon lange?«

»Darüber kann ich Ihnen keine Auskunft geben.« Sie lächelte. »Ich würde, wenn ich könnte. Ich selber habe die

Nati, wie Hermann sie immer nannte, ein- oder zweimal gesehen. In Hillesheim, glaube ich. Kein hübsches Mädchen eigentlich. Wie lange Hermann sie schon ... malte, weiß ich nicht.«

»Hatte er mehrere Modelle?«

Ihr Lächeln entwickelte sich immer mehr zu einem Grinsen. »Wenn Sie auch nur eine einzige Silbe von dem veröffentlichen, was ich Ihnen heute hier erzähle, dann haben Sie einen Prozess am Hals. Ich habe kein Interesse daran, mich morgen in Ihrem Blatt wiederzufinden und zu lesen, dass ich über meinen verstorbenen Mann herziehe.«

Herbie besann sich auf einen Satz, den er mal irgendwo aufgeschnappt hatte: »Ich recherchiere diese Sache, aber ich werde nichts veröffentlichen, was Sie nicht vorher gelesen haben.«

»Sehen Sie, als ich vorhin so bestimmt bestritten habe, dass Hermann der Vater dieses ungeborenen Kindes hätte sein können, da lag es nicht daran, dass Hermann nicht möglicherweise mit dieser Nati ... Ich meine, was er da in seinem Häuschen in Mirbach gemacht hat, entzieht sich meiner Kenntnis. Er hat nicht viel erzählt, und ich glaube, das war eigentlich auch ganz gut so. Wir sind prächtig miteinander ausgekommen. Nur noch soviel: Hermann *konnte* nicht der Vater sein, denn Hermann *konnte* keine Kinder mehr zeugen.«

Herbie nickte verständig.

»Wir haben da vor sechs Jahren mal was versucht. Da hätte ich mir noch Kinder gewünscht. Aber die Ärzte sagten damals, da wäre nichts zu machen.«

Sie setzte eine heitere Miene auf und schlürfte an ihrem Kaffee, als habe sie gerade eine nette Urlaubsepisode zum Besten gegeben.

Herbie war das Thema ausgesprochen peinlich.

*Wieso? Hast du nichts dazu beizutragen? Erzähl doch mal, wie's bei dir so steht. Würde mich übrigens auch brennend interessieren.*

»Hat Ihr Mann viele Bilder verkauft?«

»Ich glaube, das meiste hat er für sich selbst gemalt. Er trennte sich nicht gerne von seinen Werken.«

»Konnten Sie beide denn davon leben?«

»Ich sagte Ihnen ja bereits gestern, dass ich einen ganz ordentlichen Job beim WDR habe, der ganz gut bezahlt wird. Aber Hermann lebte nicht auf meine Kosten. Er bezahlte immerhin dieses Haus ab und unterhielt auch noch das Häuschen in Mirbach.« Sie zuckte mit den Schultern. »Er scheint also doch das ein oder andere Bild verkauft zu haben.«

Ein metallisch klingendes Fiepen schallte durch den Raum, und Deborah Delamot sprang auf. »Das Telefon. Irgendwo habe ich es herumliegen.« Als sie in den Nebenraum lief, baute sich Julius vor Herbie auf und stemmte die Hände in die Hüften. *Die Frau passt bestens in diesen Eispalast, mein Bester. Der arme alte Pinselquäler Hermann hatte bestimmt nix zu lachen mit seinem rothaarigen Zuckerpüppchen.*

Als die frische Witwe wieder hereinkam, hielt sie ein kleines Telefon ans Ohr gepresst. »Ja, sicher ...«

Sie lächelte Herbie kurz an und führte mit der Person am anderen Ende der Leitung das Gespräch fort. »Warum? ... Nein, nein. Das war sehr schön. Es gibt kaum Neues, aber rufen Sie mich ruhig wieder an. Aber natürlich wäre ich froh, wenn wir uns bei Gelegenheit persönlich kennen lernen würden, Herr ...« Es folgte eine kurze Pause, in der sie andächtig lauschte. »Herr Heinen, ja, genau. Und was bedeutet ›F. A.‹?«

Herbies Hände hätten sich gerne in die Sitzfläche gekrallt, aber da war nichts, an dem sie Halt fanden.

»Auf Wiederhören.«

Während sie den Knopf an ihrem Telefon drückte, um das Gespräch zu beenden, lächelte sie still in sich hinein. Dann nahm sie einen Schluck Kaffee und grinste Herbie an.

*Im Kalten Krieg hätte es jetzt geheißen, du bist ›verbrannt‹. ›Kalter Krieg‹ passt zu diesem Haus, findest du nicht?*

»Und wer sind Sie?«

»Ich heiße Herbert Feldmann.«

*›Undercover-Herbie‹. Auch als ›Herbert die Wühlmaus‹ bekannt. Seine Ostblock-Freunde nennen ihn ›das Chamäleon‹.*

»Wie kommen Sie nur dazu, mich hier auszuhorchen? Wonach suchen Sie? Finden Sie mich am Ende so interessant?« Ihr Lächeln war das einer amüsierten Beobachterin. Sie genoss es, dass Herbie sich auf ihrem Ledersofa wand wie ein kleiner Hund, den man dabei ertappt hatte, wie er in die Zimmerecke pinkelte.

»Mein Freund wird zu Unrecht des Mordes beschuldigt. Köbes ... ich meine, Jakob Nießen war nicht der Täter, Frau Delamot, das schwöre ich Ihnen.«

In diesem Augenblick zerbrach die kühle Fassade der Witwe mit einem Schlag. Sie sprang aus ihrem Ledersessel auf und die Kaffeetasse kippte um. Auf den schneeweißen Fliesen entstand eine braune Lache, die farblich so gar nicht zu diesem Raum passen wollte.

»Vor die Tür«, zischte sie und streckte den schlanken, weißen Arm in Richtung Haustüre aus.

»Ich hätte Sie ja nicht belogen, wenn ich nicht genau diese Reaktion erwartet hätte, Frau ...«

»Raus!«

*Lass uns gehen, mir wird langweilig.*

Herbie trottete mutlos zur Haustür und vermied es, ihr in die Augen zu sehen.

»Sie verdammter, kleiner Dreckskerl. Ich sollte Sie augenblicklich bei der Polizei melden, Sie Schnüffler.«

Als sie die Haustür aufriss, packte sie ihn zielsicher beim Kragen und drehte ihn unsanft zu sich herum. »Wenn Sie sich diesem Haus noch einmal auf hundert Schritte nähern, treten ich Ihnen so was von in die Eier, dass Sie das in Ihrem ganzen Leben nicht mehr vergessen werden!«

*Das ist nun mal der Jargon, der in einer öffentlich-rechtlichen Fernsehanstalt gepflegt wird. Da kannst du nichts dran machen.*

»Aber mein Freund Köbes ...«

»Dieser Kerl hat meinen Mann auf dem Gewissen! Und ein blutjunges Mädchen! Und ich hoffe, sie sperren ihn für immer und ewig in den Knast, ihren sauberen Freund.«

Dann flog die Haustür donnernd hinter Herbie ins Schloss.

Das Erste, was er wieder bewusst wahrnahm, waren die verblüfften Gesichter der holländischen Touristenfamilie. Der Vater schoss ein Foto von ihm.

»Lass uns abhauen«, knurrte Herbie. »Bevor sie sich's anders überlegt und mich kalt macht und in ihr Wohnzimmermobiliar einreiht.«

# Neuntes Kapitel

Als Nächstes versuchte Herbie ein öffentliches Telefon zu finden, mit dessen Hilfe man telefonieren konnte, indem man Münzen benutzte. Als diese Bemühungen fruchtlos verliefen, besorgte er sich in Stadtkyll eine Telefonkarte.

Er erreichte unter Ulis Privatnummer lediglich den Anrufbeantworter und wählte die Klinik an.

Nach mehrmaligem Durchstellen hatte er schließlich Ulrike am Hörer.

»Natis Wohnung? Du machst mir Spaß. Du hast doch nicht etwa vor, den Eltern auf den Keks zu gehen, oder?«

»Ach was, nur so.«

»Herbie!«

»Nein, wirklich. Ich möchte nur mal wissen, wo sie wohnt. Mal dran vorbeifahren, mir das angucken, du weißt schon.«

Am anderen Ende war Stille.

»Ich kann natürlich auch versuchen, das anderswie rauszukriegen. Euer Personalbüro weiß doch sicher ...«

»Untersteh dich!«, fuhr Uli dazwischen. »Also gut. Sie hat in Walsdorf gewohnt. Da, wo auch der Bruder vom Wolfgang wohnt, meinem Freund. Wir sind heute Abend zu einem Polterabend eingeladen. In Walsdorf. Komm doch einfach mit. Du weißt doch sowieso nichts mit dir anzufangen.«

Herbie schwieg einen Moment. Am anderen Ende hörte er Stimmengewirr.

»Ich muss weiter arbeiten. Mensch, Herbie, es ist mir lieber, wenn ich dabei bin, wenn du das Dorf von Wolfis Bruder heimsuchst.«

»Das Dorf von Wolfis Bruder.« Herbie blies die Luft aus den Backen. »Also Lust hab ich ja eigentlich keine.«

»Komm schon. Er kann dir sagen, wo Nati wohnte.«

»Na gut.«

Er hatte keine Lust. Es lag nicht nur daran, dass ihm nicht nach Feiern zumute war. Er fürchtete auch den Moment, in dem er Ulis neuem Lover vorgestellt werden würde. Er musste fortwährend an Köbes denken, der in seiner Phantasie in der Untersuchungshaft in einem nassen Kellerloch hockte und den Kitt aus den Fenstern fraß. Außerdem knutschten sie wahrscheinlich den ganzen Abend aneinander herum, und das konnte er im Augenblick noch viel weniger vertragen.

»Gibt's was Neues von Köbes?«

Ulrike verneinte. »Ich habe gelesen, dass die Nati schwanger war, als sie starb. Aber von Köbes habe ich nichts Neues gehört. Ist mit dem Auto alles in Ordnung?«

»Es fährt. Erstaunlicherweise.«

»Nina hat übrigens bei mir angerufen. Sie macht sich Sorgen, Herbie.«

»So?«

»Warum hast du ihr nicht gesagt, wo du hin bist. Sie konnte sich natürlich denken, dass du zurück in die Eifel wolltest, aber du hättest ihr wenigstens mal Bescheid geben können, dass du gut angekommen bist, oder so was. Sei fair zu ihr.«

Er hätte ihr gerne erklärt, dass das nichts mit Fairness zu tun hatte, sondern damit, dass er im Moment einfach jeden Gedanken an Nina zu verdrängen versuchte, dass ihn ein Telefonat mit ihr vermutlich in Tränen auflösen würde.

»Okay, ich werd mich bei ihr melden«, murmelte er stattdessen.

Die Verabschiedung erfolgte kurz und wenig herzlich.

Julius hatte während des Telefonats vor der Telefonzelle gestanden und sich die Nase an der Scheibe platt gedrückt.

»So, jetzt haben wir noch ein Date für heute, Julius«, sagte Herbie beim Herauskommen und blinzelte in die Sonne.

*Eine weitere nymphomanische Greisin?*

»Wir werden heute Abend einen Polterabend besuchen. Im Dorf von Wolfgangs Bruder. Das klingt, als gehöre ihm das ganze Kaff mit Kühen und Kindern.« Er verstaute die Telefonkarte in seinem Portemonnaie und ging zurück zu Köbes' Auto, in dessen mattem roten Lack sich die Frühsommersonne vergeblich zu spiegeln versuchte.

*Ein Polterabend! Oje!* Julius legte in gespielter Verzweiflung den Handrücken an die Stirn. *Da weiß ich ja gar nicht, was ich anziehen soll!*

* * *

Ingrid Delamot umkreiste den Erdbeerkuchen mit ihrem Löffel, als sei sie sich nicht ganz sicher, an welcher Stelle sie anfangen solle.

»Soso«, murmelte sie dabei. »Dann bin ich also für heute die zweite Frau Delamot, mit der Sie sich unterhalten, Herr Feldmann.«

Herbie hatte das erste Stück Kuchen bereits mit Heißhunger verschlungen. Er hatte sie zur vereinbarten Uhrzeit im Hotel Panorama aufgesucht, das hoch über Daun im Hang gelegen war und einen herrlichen Ausblick auf die Stadt und auf den gegenüberliegenden Burgberg mit dem altehrwürdigen Kurfürstlichen Amtshaus und der evangelischen Kirche bot.

Als er eingetroffen war, hatte Ingrid Delamot in der Nähe der Rezeption gesessen und eine Patience gelegt. Die kleinen

Karten sahen alt und vergilbt aus und hatten rundgegriffene Ecken. Sie waren das Eigentum eines Menschen, der tagelang damit beschäftigt war, die Zeit totzuschlagen. Jetzt lagen sie in einem kleinen ledernen Etui neben Frau Delamots Platz.

Sie hatte Herbie einen Bericht über seine Begegnung mit ihrer Nachfolgerin Deborah entlockt. Zunächst hatte sie sehr zaghaft die ein oder andere belanglose Frage gestellt. Schließlich bewohnte diese junge Frau das Haus, das einmal das ihre gewesen war, und sie hatte mit dem Mann zusammengelebt, der auch einmal seinen Platz an ihrer Seite gehabt hatte. Da waren ein paar Fragen nach der Wohnungseinrichtung und Ähnlichem völlig unverfänglich. Als Herbie dann schließlich ins Erzählen geraten war, fragte sie immer ungenierter. Und das, was er erzählte, erfreute sie keineswegs.

*Ein Waschweib ist gegen dich die Diskretion in Person.* Julius schüttelte empört den Kopf. *Wenn man im Lexikon unter ›Petze‹ nachschlägt, findet man da dein Bild, Herbert Feldmann.*

Die Tatsache, dass Delamot sein Atelier und darüber hinaus seine gesamten Bilder aus dem Haus entfernt hatte, wollte seiner früheren Frau einfach nicht in den Kopf hinein.

»Ich kenne dieses Häuschen in Mirbach«, sagte sie und kramte in ihrer Handtasche. »Hermanns Schwester war ein liebenswertes Geschöpf. Nur Garten und Haushalt, sonst gab es für Irmchen nichts. Nur Schufterei. Jetzt hat sie sich ihre Ruhe redlich verdient. Ich muss unbedingt ihr Grab besuchen.« Zu Herbies Überraschung förderte sie ein kleines silbernes Zigarettenetui zutage, öffnete es und entnahm ihm eine filterlose Zigarette. Sie lächelte Herbie verlegen an. »Mein einziges Laster.«

*Hast du gehört, mit welchem Timbre in der Stimme sie dieses Wort ausspricht? Aber du hockst ja nur da und schaufelst Kuchen in dich rein.*

Sie steckte die Zigarette zwischen die gespitzten Lippen und entzündete sie mit einem Streichholz. Es sah sehr ungeübt aus.

»Ich habe immer welche bei mir. Wenn ich sehr nervös bin, stecke ich mir eine an. Ich bilde mir ein, dass es mir hilft, mich zu beruhigen.«

»Sind Sie jetzt nervös?«, fragte Herbie unschuldig.

»Ich werde den Gedanken daran nicht los, dass Debbie hinter dem Tod von Hermann stecken könnte. Ich bin in den letzten Tagen zu der Überzeugung gekommen, dass sie wirklich ein schlechter Mensch ist.«

»Was veranlasst Sie, das zu denken?«

»Wissen Sie, es hat nichts damit zu tun, dass sie es war, für die er mich verlassen hat. Das ist Vergangenheit. Damit habe ich längst abgeschlossen. Nein, es ist etwas ganz anderes, das mich wirklich wütend macht. Als ich von Hermanns Tod erfuhr, habe ich bei ihr angerufen. Ich war entsetzt darüber, wie gewaltsam er zu Tode gekommen ist, und unter welch seltsamen Umständen. Das Mädchen und so ...« Sie paffte eine Qualmwolke in die Höhe. »Ich wollte Debbie nur erklären, dass ich wirklich mit ihr fühle, aber sie hat mich am Telefon gleich übel beschimpft. Ich glaube nicht, dass ich das verdient habe.«

»Beschimpft? Weshalb denn?«

»Sie glaubte, ich sei hinter den Bildern her. Sie glaubte im Ernst, ich hätte die Gelegenheit von Hermanns Tod genutzt, um ein paar seiner Gemälde zu schnorren.« In ihre Augen traten Tränen. »Wissen Sie, ich bin froh, dass ich das jemandem erzählen kann. Der Polizei könnte ich das mitteilen, aber die wüssten ja doch nichts damit anzufangen. Das ist so wenig greifbar, verstehen Sie? Es ist nur so ein völlig vager Verdacht.«

Herbie schob nachdenklich ein Bröckchen Marmorkuchen auf seinem Teller hin und her. »Wenn Sie mich fragen, ich könnte verstehen, wenn Sie ihren Anteil an seinen Bildern einfordern würden. Sie haben lange genug mit ihm gelebt. Sie haben ihn gefördert. So, wie es eine Ehefrau tut, die einem Mann den Rücken freihält.«

»Aber das will ich doch gar nicht!«, rief Frau Delamot verzweifelt. »Hermann hat damals entschieden, dass seine Bilder bei ihm blieben. Alle. Wenn er sie mir hätte geben wollen, hätte er es zu Lebzeiten getan. Sie soll doch damit tun und lassen, was sie will. Stiften, verkaufen, ein Museum einrichten ... Das soll mir alles recht sein.« Sie pustete noch einmal Qualm gegen die Decke des Speiseraums und drückte dann wütend den Stummel im Aschenbecher aus. »Sein Name steht drauf. Auf jedem einzelnen. Egal, wohin diese Bilder auch wandern werden. Es werden immer Hermanns Werke sein.« Plötzlich liefen ihr ein paar Tränen über die Wangen, und sie begann verzweifelt, in ihrer Handtasche nach einem Taschentuch zu suchen. »Entschuldigen Sie.«

Herbie fühlte sich sehr hilflos. Er war froh darüber, dass Julius sein letztes bisschen Anstand zusammengenommen hatte und die Szenerie nun schweigend von einem Platz in der Nähe des Fensters aus beobachtete.

Frau Delamot schnäuzte sich in ihr Taschentuch und fuhr stockend fort. Sie hatte noch etwas anderes hervorgeholt, das Herbie als eine Fotografie erkannte.

»Wenn diese Frau nur einen Hauch von Mitgefühl hätte ...« Sie legte das Bild vor Herbie auf den Tisch. Es war eine Schwarzweißfotografie. Er erkannte Delamot. Das Haar war noch pechschwarz. Die Frau an seiner Seite musste seine erste Frau sein. Sie war sehr schön. Das Haar war lang und lockig.

Als Herbie den Kopf hob und sein Gegenüber musterte, erkannte er die Ähnlichkeit. Sie war auch heute immer noch schön. Nur auf eine viel reifere Art. Die Personen auf dem Foto befanden sich offensichtlich in einem Künstleratelier. Es gab eine Staffelei und ein Regal mit Töpfen, aus denen Unmengen von Pinseln herausragten. Die Personen lachten. Neben Frau Delamot stand noch ein kleiner, dicker Mann mit langen Haaren und enormen Koteletten.

»Das war ein Atelierfest in Kronenburg. Wir hatten sehr oft Freunde zu Besuch«, seufzte Frau Delamot. »Schauen Sie auf die Staffelei im Hintergrund, bitte.«

Herbie beugte sich zu dem Bild hinunter und betrachtete es intensiv. Auf der Leinwand, die auf der Staffelei positioniert war, war ein Akt zu erkennen. Eine kniende, schlanke, junge Frau, soweit er das ausmachen konnte. Möglicherweise war es die erste Frau Delamot. Von der Anmutung her hätte es durchaus auch Deborah sein können, aber das war unmöglich. Delamot schien seinem Geschmack treu geblieben zu sein.

»Sind Sie das?«, fragte Herbie und zog fragend die Augenbrauen hoch.

Frau Delamot nickte. »Das Foto ist Anfang der Siebziger aufgenommen worden. Das Gemälde ist allerdings schon viel älter. Es war Hermanns Lieblingsbild. Abgesehen von einigen seiner Landschaftspartien. Ich glaube, dass er nie wieder einen Akt von solcher Qualität geschaffen hat. Hermann war kein guter Menschenmaler. Bei Professor Peiner in Kronenburg hat er ja nur an diesen Monumentalschinken mitwirken dürfen. Das mussten alle in der Malerschule in Kronenburg. Hermann durfte immer nur Büsche malen. Jede Menge Sträucher und Bäume. Er war der Jüngste, der damals in der Schule aufgenommen wurde.

Sechzehn war er damals. Wer weiß, was alles aus ihm geworden wäre, wenn er nicht in den Krieg gemusst hätte. Das hat er mir später immer wieder gesagt.

›Der Peiner, das war ein Könner‹, sagte er immer. Die politische Richtung vom Professor, die hat ihn immer geärgert. Die beiden haben sich auch nach dem Krieg nie mehr wiedergesehen.«

Herbie tippte auf die Fotografie. »Wo ist das Bild jetzt?«

Sie zuckte mit den Schultern. »Als wir uns trennten, war ich zu stolz, ihn darum zu bitten. Er hätte es mir sicherlich gegeben, daran besteht gar kein Zweifel. Schließlich zeigt es mich ja völlig unverhüllt. Wahrscheinlich ist es jetzt in Mirbach. Möglicherweise hat Debbie es aber auch verbrannt. Ich traue ihr alles zu.«

»Verstehe.«

Frau Delamot griff plötzlich über den Tisch hinüber nach Herbies Hand und presste sie ganz fest. Er blickte für den Bruchteil einer Sekunde irritiert zu Julius hinüber.

»Herr Feldmann, ich bitte Sie: Wenn Sie weiterhin versuchen wollen, etwas über den Tod meines ... über Hermanns Tod herauszufinden, bitte, bitte lassen Sie nicht außer Acht, dass diese Debbie eiskalt ist. Dieser Frau ist alles zuzutrauen. Und noch etwas: Halten Sie die Augen auf. Sollte Ihnen dieses Bild begegnen, lassen Sie es mich bitte wissen.«

»Ich soll Ihnen Ihr Gemälde wiederbeschaffen?«

Sie wand sich. »Nicht direkt. Es gehört mir nicht ... von Rechts wegen. Aber ich würde alles darum geben, wenn es sich wieder in meinem Besitz befände. Alles, verstehen Sie?«

Herbie verstand.

## Zehntes Kapitel

Wenig später saßen er und Julius wieder in Köbes' rotem Kombi und wendeten umständlich auf dem Parkplatz des Hotel Panorama. Die Kreisstadt Daun lag ihnen zu Füßen.

»Diese arme Frau«, sagte Herbie ächzend, während er das Steuer einschlug und zurücksetzte. »Mann, das geht ja schwerer als bei 'nem LKW.«

*Sie hat dein Herz berührt, nicht wahr?*

»Sie tut mir einfach Leid. Diese Debbie ist ein richtiges Luder, Julius. Ich wette, der bereitet es eine diebische Freude, dass ihre Vorgängerin kein einziges Fitzelchen Leinwand bekommen hat.«

*Du hast dir doch nicht ernsthaft in den Kopf gesetzt, ihr dieses Nackedeibild zu beschaffen?*

»Da fühle ich mich bei der Ehre gepackt, Julius! Das verstehst du doch.«

*Ehre!* Julius kicherte amüsiert.

Herbie hatte jetzt endlich sein Wendemanöver beendet und rollte talwärts.

*Korrigiere mich, wenn ich das falsch sehe, mein Teuerster, aber waren wir bis vorhin nicht noch auf Mördersuche?*

»Das siehst du richtig, aber man kann ja auch durchaus das eine tun, ohne das andere zu lassen – oder?«

*Nun gut. Ich bin ja nur froh, wenn ich Bescheid weiß.*

»Jetzt werden wir erst mal diesen Polterabend besuchen. Lust habe ich dazu eigentlich überhaupt keine. Aber vielleicht hat Ulrike ja Recht, und wir erfahren etwas über diese Nati. Der Alkohol wird diesen Eifelern schon den Mund öffnen.«

*Bei dir reichen da ja schon Kaffee und Kuchen.*

Sie hatten das Bild in einem Waldstück bei Rengen vom Keilrahmen getrennt und hatten damit begonnen, es um eine große Pappröhre herum aufzurollen.

Keiner der beiden hatte einen Blick für die Schönheit des Kunstwerkes übrig. Weder Vaclav noch der Ossi verschwendete einen Gedanken daran, wie dereinst dieses Bild unter den kunstvollen Pinselbewegungen eines längst verstorbenen Genies entstanden war. Sie nahmen nicht die atemberaubende Schönheit des Wolkenteppichs über der Silhouette von Hillesheim wahr, den Lichteinfall, der dieses Bild auszeichnete, und dessen Kunstfertigkeit den Maler Fritz von Wille so berühmt gemacht hatte. Hätte man sie gefragt, hätten sie nichts von dem Mann erzählen können, dessen Schöpfung sie gerade aufrollten wie einen alten Teppich.

Wallraff stieß mit seinem Kombi zu ihnen. Er war besorgt, da er befürchtete, der Farbauftrag auf der Leinwand könne womöglich Schaden nehmen. Sie strichen Zentimeter um Zentimeter der Leinwand mit den Händen glatt, bevor sie sie um die Rolle legten. »Vorsicht. Verdammt, seid bloß vorsichtig, hört ihr!« Er hüpfte im Zwielicht der durch das Blätterdach einfallenden Sonnenstrahlen um sie herum wie ein aufgedunsenes Rumpelstilzchen.

Der Tscheche herrschte ihn an: »Halt's Maul, ja? Wir machen Arbeit gut.«

Wallraff biss sich auf die Lippe. Die beiden waren ihm nicht geheuer. Bisher hatte er nie mit Helfern gearbeitet, und er wusste auch warum. »Ist schon gut«, murmelte er leise. »Ich mach mir ja nur Sorgen. Es ist schon seit einer Ewigkeit aufgespannt, und jetzt ...«

Die beiden nahmen keine Notiz von ihm. Vaclav zündete sich eine Zigarette an und behielt sie im Mundwinkel, bis die

Asche schon zentimeterlang war. Wallraff wagte nicht mehr, etwas dazu zu sagen.

Schweigend umwickelten sie zum Abschluss die Rolle mit Decken und zurrten Paketband darum. Dann luden sie das längliche Bündel in Wallraffs Auto.

»Ich muss euch etwas sagen.«

Die beiden schlugen die Heckklappe zu und traten zu ihm. Der Ossi zog geräuschvoll die Nase hoch und rotzte in die Büsche.

»Ich habe gerade auf der Fahrt hierhin einen Anruf bekommen.« Wallraff hielt das Handy in die Höhe. »Es wird sich um einen Tag verzögern.«

»Was?« Vaclavs Gesicht zeigte keine Regung.

»Es war Pfeiffer.«

»Probleme?« Vaclav horchte auf.

»Er kann es erst morgen Abend in Empfang nehmen. Fragt mich nicht warum.«

»Warum?«, stieß der Ossi hervor und kam noch näher.

»Ich weiß es nicht, verdammt noch mal, ich weiß es wirklich nicht! Er hat nur klipp und klar gesagt: Heute nicht. Morgen Abend, ja.«

»Scheiße!«, fluchte der Tscheche.

»Das habe ich auch gesagt. Aber, was soll ich tun? Er ist der Kunde. Er kann sagen: ›Morgen nicht? Gut, dann reißt das Ding auf Streifen und wischt euch den Arsch ab damit.‹ Also wird es erst morgen werden.« Wallraff schritt nervös auf dem Waldweg hin und her und ruderte mit den Armen. »Glaubt ihr, mir macht das Spaß? Wir haben alles termingenau geplant und durchgezogen, und jetzt ...«

Der Ossi tippte Wallraff mit dem knöchernen Zeigefinger in den dicken Wanst. »Hör mal gut zu ...« Sein Dialekt war wirklich schaurig. Er tippte immer wieder und immer fester.

Wallraff wich langsam zurück. »Wenn du uns verschaukeln willst, Freundchen.«

»Wir sind doch Partner, Jungs.« Wallraff brach der Schweiß aus.

»Wollte ich nur mal klarstellen, Wallraff.«

»Also, das ist zwar alles unangenehm, aber es ist ja kein Beinbruch. Bis jetzt hat doch alles prima funktioniert. Ihr wart gut. Ich war gut. Wir müssen eben nur noch bis morgen abwarten.«

»Und wie geht's jetzt weiter?«, fragte der Tscheche kühl.

»Alles wie geplant. Oder, Jungs? Alles wie geplant!«

Den geklauten Kleintransporter rollten sie einfach gemeinsam in ein dichtes Gebüsch, ohne noch einmal den Motor zu starten.

Dann stiegen sie alle zusammen in den PKW, in dessen Mitte die verschnürte Diebesbeute längs über den Sitzen lag.

Wallraff fuhr den Waldweg weiter, entgegengesetzt zu der Richtung, aus der sie gekommen waren. Oberhalb von Beinhausen verließen sie das schützende Gesträuch und reihten sich unauffällig in den Verkehr ein.

»Is keine gute Idee«, sagte Vaclav. »Was sollen wir in Atelier? Da können Bullen hinkommen. Finden uns.«

Wallraff suchte im Rückspiegel nach Blickkontakt. »Ich weiß, das ist nicht ganz ungefährlich. Aber sicherer als anderswo, glaubt mir. Übers Dach rein, und dann können wir das gute Stück durchs Erdgeschossfenster reinholen.«

Der Vorteil am Haus in Mirbach war, dass man sich mit dem Auto unbemerkt von hinten nähern konnte. Es gab eine kleine Garage hinter dem Haus, in die sie das Fahrzeug hineinfahren konnten, ohne dass sie dabei beobachtet wurden. Es konnte natürlich sein, dass sie von Spaziergängern gesehen wurden, aber das konnte ihnen an jeder anderen Stelle genauso passieren.

Er fuhr über Dreis-Brück und Niederehe. Als sie durch Kerpen fuhren, schwitzte Wallraff Blut und Wasser. In den engen Straßen des kleinen Dorfes begegneten ihnen zahlreiche Fußgänger, die, wie das nun einmal in allen Eifeldörfern üblich war, jedes ortsfremde Auto aufmerksam musterten.

»Das wäre doch die pure Ironie!«, sagte Wallraff mit einem gequälten Lächeln. »Hier in Kerpen, wo auf der Burg der alte von Wille die Pinsel geschwungen hat, müssten sie uns schnappen. Stellt euch das mal vor, Leute!«

Sein Beifahrer verzog keine Miene und starrte aus dem Fenster. Auf dem Rücksitz steckte sich Vaclav eine Zigarette nach der anderen an.

Ihr Problem war die Zeit.

Sie hatten zu viel davon.

Anstatt zu jammern, dass ihnen viel zu wenig Zeit blieb, machte sie der Gedanke mürbe, dass sie das Bild erst am nächsten Abend übergeben konnten.

Im Kreisverkehr bei Wiesbaum wäre Wallraff beinahe mit einem Auto kollidiert, das aus dem Gewerbegebiet kam.

Wallraff blickte wieder panisch in den Rückspiegel. Warum, zum Teufel, beunruhigten ihn diese Vögel bloß so? *Er* war es schließlich, der *sie* engagiert hatte. Er war der Boss. Oder, wie lief das hier?

Er hatte vor, redlich mit ihnen zu teilen.

Es würden sechzigtausend Euro werden. Jeder von ihnen bekam zehntausend. Das war eine Menge Kohle für Typen dieses Zuschnitts.

»Noch ein läppischer Tag mehr, Jungs! Und dann machen wir ein Fass auf, was?«, sagte er, bevor er links abbog. »Und dann ... Wein, Weib, Gesang! L'amour, mes amis! L'amour! Wie fandet ihr mein Französisch?«

Die beiden schwiegen und auch er verstummte.

Schließlich gelang es ihnen, sich über Feldwege dem Ort von Süden her zu nähern. Das erste Haus auf der rechten Straßenseite war ihr Ziel. Sie waren bis hierher keiner Menschenseele begegnet. Der Mercedes bog in eine verwilderte, unbefestigte Einfahrt ab und stand wenige Augenblicke später mit leise dieselndem Motor vor dem alten Holztor des Garagenanbaus. Der Ossi sprang heraus und drehte den Griff. Mit einem Quietschen schwang das Tor nach oben. Allen lief bei dem schrillen Geräusch, das die dörfliche Stille zerriss, ein kalter Schauer über den Rücken.

In diesem Moment setzte irgendwo in nicht allzu weiter Entfernung ein Rasenmäher ein.

Wallraff rollte nach vorne, hinein in das schützende Halbdunkel der Garage.

## Elftes Kapitel

Ein Traktor bahnte sich mit lautem Geknatter seinen Weg durch den alten Ortskern von Walsdorf. Auf dem angekuppelten Anhänger hockten ein paar grölende junge Männer, die Bierflaschen schwenkten. Aber sie waren nicht alleine auf der Ladefläche. Ein Dutzend Toilettenschüsseln mit zweifelhaftem Design, die der wechselnden Sanitärmode zum Opfer gefallen waren, warteten auf ihren Einsatz.

»Das hat der nicht anders verdient!« Wolfi grinste breit und legte seinen Arm um Ulrikes Schulter. Wie ein Kätzchen schmiegte sie sich an ihn. Herbie betrachtete die beiden verstohlen. Sie sahen wirklich sehr glücklich aus. Und dennoch stand er dem Idyll skeptisch gegenüber, denn Ulrikes Liebschaften waren in der Vergangenheit nie allzu lange Dauer beschieden gewesen. Ob es dabei an ihr oder an ihren Partnern gelegen hatte, war ihm nie ganz klar gewesen.

»Der Steff war früher die größte Sau, wenn irgendwo Polterabend war. Und heute kommt der Tag der Vergeltung, wirste sehen.«

Tatsächlich war vor dem Wohnhaus von Steffs Auserwählter, Birgit, schon jetzt ein beachtlicher Haufen Unrat entstanden, der nicht nur von dem traditionell zu zerschmetternden Porzellan herrührte. Tonröhren und alte Kacheln, Blumentöpfe und Dachziegel waren bereits in rauen Mengen den Weg alles Irdenen gegangen. Dabei war es noch nicht einmal acht Uhr, und es war kein Ende in Sicht. Die gesamte Jugend des Ortes und der umliegenden Dörfer schien seit Monaten auf diesen Abend hingearbeitet zu haben, um es »Steff« so richtig heimzuzahlen.

Der Polterabend bot dazu die passende Gelegenheit. Der Abschied eines Paares von der unchristlichen Zeit des Zusammenlebens ohne Trauschein wurde in der Eifel mit einem Ritual gekrönt, das je nach Renommee des Paares mehr oder weniger ausufernd begangen wurde.

Harmlos war in dieser Region der traditionelle Auftakt mit ohrenbetäubendem, aber gleichwohl harmlosem ›Schleifen‹. Dazu wurde ein großes Rad senkrecht in einen hölzernen Bock gehängt und mit an den Speichen befestigten Ketten von zwei kräftigen, behandschuhten Kerlen vom JGV Walsdorf in schnelle Umdrehungen versetzt. Andere produzierten dann auf dem eisernen Ring, der das Rad umspannte, mit eisernen Stangen mörderisch kreischende Geräusche, die in alle vier Himmelsrichtungen Kunde davon gaben, dass hier jemand im Begriff war, in den nächsten Tagen den Gang zum Altar zu wagen.

Zugang zu diesem Fest hatte jeder. Und das konnte fatale Folgen haben, denn je mehr Leute sich einfanden, desto erfindungsreicher ging es bei der Kreation der Schikanen zu.

Julius beobachtete das ganze Getue mit großem Amüsement. Er stand mitten in der Menschentraube, die sich um den Bierpavillon versammelt hatte, und hatte die Arme vor dem runden Bauch verschränkt. *Schau nur, da!! Da vorne kannst du bestimmt das ein oder andere für deine schnuckelige Wohnung abstauben. Gib den Jungs einen aus, dann fahren sie vielleicht eine Kloschüssel nach Münstereifel.*

Wolfi drückte Herbie ein weiteres Bier in die Hand. Dieser ahnte langsam, dass es ratsam sei, immer eine Handbreit Flüssigkeit im Glas zu behalten. Der Druckbefüllung der freigiebigen Eifeler war er auf Dauer nicht gewachsen. »Trink aus«, rief Wolfi und gab Ulrike einen innigen Kuss. Er war ein durch und durch lauter Mensch. Groß gewachsen und von einem prachtvollen Schnurrbart geschmückt. Nicht unsympathisch, aber ungemein einnehmend. Es kam keiner an ihm vorbei, dem er nicht ein Bier kredenzte, als gebe er eine teure Runde.

Herbie zupfte Ulrike am Ärmel. »Hast du ihn schon gefragt?«

Ulrike sah in verwirrt an.

»Deinen Wolfi. Du hast gesagt, er könnte mir möglicherweise was über Nati erzählen.«

Ulrike verdreht die Augen. »Mann, du kannst einem wirklich den Abend verderben. Ich möchte feiern. Einfach nur feiern. Und dir täte das auch gut. Das bringt dich mal auf andere Gedanken.«

Herbie spülte den Rest seines Bierglases in einem Zug hinunter und verzog säuerlich den Mund. »Du bist mir ein Sonnenschein. Ich kann so was nicht so einfach abschütteln.«

Im Hintergrund wummerten aus einer Musikanlage die »Zillertaler Schürzenjäger«. Die Stimmung schien jetzt schon auf dem Siedepunkt zu sein.

Ehe Herbie sich's versah, war sein halb leeres Bierglas schon wieder gegen ein volles ausgetauscht worden. Wolfi stieß mit ihm an. »Ulrike hat mir von dir erzählt«, sagte er und sein Lachen verschwand. »Sie macht sich Sorgen um dich.«

»Um mich?« Herbie blickte ihn fassungslos an.

»Ja, diese Kiste mit deiner Ex, da in München. Scheiße, so was. Prost!« Er strahlte schon wieder.

»An meine *Ex*, wie du sie nennst, denke ich im Moment gar nicht so oft. Ich kann nur meinen Freund Köbes nicht vergessen.« Wolfis Gesicht spiegelte eine innere Achterbahnfahrt wieder. Jetzt hatte sich wieder Betroffenheit breitgemacht. »Ulrike sagt nicht viel dazu. Ich glaube, sie knabbert schon daran, aber immerhin ist er ja nur ihr Verflossener. Da sollte sie sich nicht zu sehr reinhängen.« Er presste Ulrike an seine Seite. »Was, Schatz?«

Herbie hätte ihm in diesem Moment am liebsten das Bierglas in den Hals gerammt.

»Prost!« rief Wolfi und trank aus.

»Er war's nicht«, murmelte Herbie und überlegte, welchen Job dieser tumbe Trinker wohl in der Suchtklinik verrichten mochte.

Die Kloschüsseln waren inzwischen restlos zertrümmert worden.

*Du musst einfach besser aufpassen. So kommst du nie zu deiner Aussteuer. Was soll das denn mit dir erst beim Sommerschlussverkauf werden?*

Ein neuer Trupp Gäste traf ein und brachte Pilsmanschetten mit. Zur Begeisterung fast aller Anwesenden kippten sie drei Säcke dieser an sich nützlichen Papierwaren aus dem Giebelfenster im zweiten Stock des Hauses. Es war ein prachtvolles Bild.

*Erinnert mich an die Paraden in New York. Fehlen eigentlich nur noch die Papiergirlanden.*

Plötzlich schossen wie aus dem Nichts zahlreiche Toilettenpapierrollen hoch in die Luft und entrollten sich kreuz und quer über den Dächern des Hauses und des Pavillons.

Wolfi erklärte, dass nun wohl auch die Zilsdorfer Abordnung endlich angekommen sei.

*Dieser Steff hat offensichtlich in der ganzen Umgebung bei zahlreichen zurückliegenden Polterabenden zahlreiche gute Freunde gewonnen.*

Den Gastgeber und seine ihm Versprochene selbst sah Herbie nur ab und zu, wie sie jeweils mit panischem Gesichtsausdruck die Neuankömmlinge registrierten und sich ausmalten, was nun wohl folgen würde.

»Gleich kommt das Wasser«, sagte Wolfi strahlend.

»Wasser?«, fragte Ulrike.

Ein Wasserschlauch aus dem Nachbargarten sprühte eine riesige Fontäne in die Luft, und alles schrie entsetzt auf. Das Ganze dauerte nur ein paar Sekunden, aber es war genügend Flüssigkeit geflossen, um die Biermanschetten und das Toilettenpapier fest zu pappen, wo auch immer es sich befand.

Bei Herbie konnte all das keine Heiterkeit hervorrufen. Er hing seinen eigenen Gedanken nach.

»Geh nur zwei Straßenecken weiter. Da steht ein altes Backsteinhaus auf der rechten Seite«, sagte Wolfi in diesem Augenblick gänzlich beiläufig. »Da ist ein Ehepaar, das heute Abend nicht mitfeiert. Das sind die Eltern von der Nati. Da kannst du mal sehen, was dieses Arschloch angerichtet hat. Das ist das blanke Elend.« Wolfi stürzte sein Bier hinunter und begrüßte dann lautstark ein paar Neuankömmlinge, die mit vier Schubkarren anrückten, auf denen ein beängstigend voluminöser Inhalt mit Plastikfolien abgedeckt war.

*Bist du nicht traurig, dass du noch nicht einmal etwas besitzt, das du hier zertrümmern könntest? Deine alte Gartenliege wäre doch passend gewesen, oder?*

Herbie überlegte einen Moment, ob er sein Bierglas an der Theke abstellen sollte, hatte aber Angst vor den Folgen und behielt es vorsichtshalber in der Hand.

So unauffällig wie möglich schlich er sich davon. Aus den Augenwinkeln heraus beobachtete er, wie sich drei junge Damen einen Spaß daraus machten, bunte Wattebäusche gegen die weiße Hausfassade zu werfen, die sie vorher in Wasser getaucht hatten.

Julius deutete missbilligend auf das Glas in Herbies Hand und sagte: *Hat man dir das in München beigebracht? Du siehst aus wie ein Quartalssäufer.*

Als Herbie das Glas im erstbesten Hauseingang abstellen wollte, wurde die Haustür geöffnet, eine Oma blickte ihn erstaunt an, und er suchte schnell das Weite.

Der Backsteinbau, den Wolfi ihm beschrieben hatte, vermittelte einen trostlosen Eindruck. Herbie war sich beinahe sicher, dass dieses Haus schon immer eine gewisse Art von Traurigkeit ausgestrahlt hatte, und nicht erst seit dem Tod der Tochter. Von innen wuchsen schwielige Kakteen gegen die alten Sprossenfenster, deren Lack grau und brüchig war. Im linken Fenster des Erdgeschosses brannte ein Licht, und Herbie konnte von seinem Platz auf der anderen Straßenseite aus eine nackte, kreisrunde Neonröhre ausmachen, die an der Zimmerdecke angebracht war, die Gardinen waren alt und vergilbt. Es gab ein großes Hoftor, das ehemals grün angestrichen gewesen sein mochte, und das ganze Gebäude wirkte nicht eben verwahrlost, aber doch heruntergewirtschaftet und vernachlässigt. Hier war also bis vor kurzem ein junges Mädchen zu Hause gewesen.

*Nicht gerade einladend, was, mein Teuerster?*

»Nein, Julius, wirklich nicht gerade einladend.« Herbie trank sein Glas leer. »Ich brauche die Eltern gar nicht zu sehen, ich kann sie mir vorstellen, wie sie dasitzen, über den Küchentisch gebeugt, schweigend ...«

Eine Weile stand er nachdenklich da und betrachtete das Haus. Langsam kroch die Dämmerung heran.

»Und was soll das nützen?«, fragte plötzlich eine Stimme hinter seinem Rücken. Herbie schrak zusammen und fuhr herum.

Zuerst erkannte er den jungen Mann nicht. Er war sich zwar sicher, ihn schon einmal irgendwo gesehen zu haben, aber er konnte sich nicht erinnern, wo das gewesen sein mochte.

»Was soll *was* nützen?«, fragte Herbie unsicher. Der Mann hatte einen ehrlichen, offenen Blick und fixierte ihn neugierig mit seinen strahlenden, blauen Augen.

»Die Schnüffelei ... Ihre Neugier. Was auch immer Sie hierher treibt. Das macht dieses Mädchen auch nicht wieder lebendig.«

»Sie sind doch dieser Polizist«, sagte Herbie. Er erinnerte sich in diesem Moment an ihr erstes Zusammentreffen vor dem Dauner Polizeigebäude und an das darauf folgende, unangenehme Gespräch im Autohaus.

»Luxen«, sagte der junge Mann und reichte Herbie langsam die Hand. »Jörg Luxen. Ich bin auch zu Gast auf dem Polterabend. Privat, in Zivil ... Ohne Uniform erkennt man unsereinen manchmal kaum wieder. Wir wohnen im Nachbarort, in Rockeskyll, meine Freundin und ich. Sie sind nur deswegen hier, stimmt's?« Er deutete auf das Haus auf der anderen Straßenseite.

Herbie nickte. »Wie ich Ihnen gestern schon sagte: Ich bin sicher, dass mein Freund unschuldig ist.«

Luxen seufzte tief. »Eigentlich dürfte ich Ihnen das gar nicht erzählen, aber es könnte durchaus sein, dass Sie Recht haben.«

»Wie bitte?«

»Es sieht mittlerweile so aus, als sei Ihr Freund erst später auf den Parkplatz gefahren. Erst nachdem die Tat verübt wurde, verstehen Sie?«

Herbie konnte nicht fassen, was ihm da so beiläufig beigebracht wurde. »Das ist doch wohl nicht Ihr Ernst. Wie hat man das denn festgestellt?«

*Die kluge Polizei hat herausbekommen, dass das Auto mit dem Reifen auf der Mordwaffe geparkt war, wetten?*

»Ich sage jetzt nichts mehr. Das war das, was ich Sie wissen lassen wollte. Er scheint Ihnen ja sehr am Herzen zu liegen, dieser Nießen. Wissen Sie, als wir an diesem Sonntag frühmorgens, kurz nach Schichtbeginn, vorbeifuhren und ihn auf dem Parkplatz fanden, da habe ich wirklich ganz fest geglaubt, dass er das getan hat. Der Knüppel, die Toten ...« Er rieb sich den Nacken und sog scharf die Luft zwischen den Zähnen ein. »Auch als Polizist geht einem so was verdammt nahe. Zumal uns die Nati ja nicht unbekannt war. Wir fuhren in Gillenfeld. Da ist die Oma Kalch, bei der kann man sonntagmorgens schon in aller Herrgottsfrühe Brötchen kaufen.« Er zwinkerte. »Die packt immer noch ein paar Laugenbrezeln mit dazu. Naja, du bist gut drauf, es verspricht ein ruhiger Tag zu werden, und dann siehst du im Vorbeifahren dieses rote Auto da stehen, du hältst an, und dann ist alles im Arsch.«

»Und Köbes ist wirklich unschuldig?«

»Ich habe ja eigentlich schon zu viel gesagt. Nur so viel noch: Ich glaube nicht, dass sie ihn noch lange drinbehalten werden. Ist meine persönliche Einschätzung.« Luxen richtete den Blick in den Abendhimmel. »Es wäre zu schön gewesen. Zuerst sah alles so klar aus. Aber, glauben Sie mir, der, der das getan hat, der wird dafür zur Rechenschaft gezogen werden. Es ist eine verdammte Sauerei.«

Julius seufzte. *Aber wegen irgendwas müssen sie Köbes doch drinbehalten können. Er hat doch so viel auf dem Kerbholz. Sein abscheulicher Geschmack, sein mangelndes Können, seine fürchterliche Musik ...*

Herbie sah den jungen Mann lauernd an. »Das sagen Sie jetzt alles doch nicht nur, damit ich die Finger von der Sache lasse, oder?«

»Nun mach dich nicht so wichtig, Junge!« Luxen lachte laut auf. »Wenn du schnüffeln willst, dann tu es ruhig. Das ist mir wirklich völlig scheißegal.« Er klopfte Herbie auf die Schulter. »Hast du Bekannte hier?«

Herbie berichtete von Ulrike und ihrem neuen Lover.

»Wolfi!«, staunte Luxen. »Ist nicht wahr! Wolfi ist mit der Ex von diesem Nießen zusammen? Die Welt ist schon verdammt klein, aber die Eifel ist wirklich winzig.«

Der Polizist war ihm eigentlich sympathisch, das musste sich Herbie in diesem Augenblick eingestehen. Er sprach ein angenehm eiflerisch eingefärbtes Hochdeutsch und strömte außerhalb seiner Uniform nicht das kleinste bisschen Arroganz aus.

Sie beschlossen, zum polternden Volk zurückzukehren und gemeinsam ein Bier zu trinken.

*Die Polizei, dein Freund und Zechkumpan.*

»Bei uns ist der Teufel los. Zuerst die Morde, und dann auch noch der Raub im Kreishaus.«

»Welcher Raub?«

»Noch nichts davon gehört? Da haben zwei Unbekannte einen riesigen Ölschinken am helllichten Tag von der Wand geklaut. Frechheit siegt. Das Schlimme daran ist, dass das Ding kaum wiederzufinden ist, wenn es in die Hände eines spinnerten Sammlers gerät. Das verschwindet auf Nimmerwiedersehen im Keller in einem Privatmuseum.«

Der Trubel hatte sie wieder. Die Musik dröhnte ununterbrochen, und das Scheppern und Splittern hatte immer noch kein Ende genommen. Wolfi und Jörg Luxen begrüßten einander fröhlich, während ein LKW mit zischenden Bremsen anhielt und eine Ladung Bauschutt vor dem Haus abkippte.

Ulrike erkannte den Polizisten sehr wohl, aber aus ihrem Gesicht ließ sich außer einer förmlichen Freundlichkeit wenig herauslesen. Herbie überlegte für einen Moment, ob er ihr die sensationellen Neuigkeiten berichten sollte, aber er kam zu dem Schluss, dass sie ohnehin viel zu wenig Anteil an Köbes' Schicksal nahm, als dass sie das Recht gehabt hätte, auf dem Laufenden gehalten zu werden.

»He! Jetzt ist eure Dienststelle wohl völlig leer, was?«, rief Wolfi, als sich ein weiterer Mann zu ihnen gesellte. Herbie hatte ihn ja bisher nur einmal sehr kurz und ziemlich undeutlich wahrgenommen. Es war der ältere Kollege des jungen Polizisten, der neben ihm im Polizeifahrzeug gesessen hatte.

»Ulrich Willems«, stellte Luxen vor. »Mein Kollege.«

Willems war offensichtlich schon länger hier. Sein Blick war getrübt, seine Haltung nicht mehr gerade. Er fuhr sich immer wieder mit der flachen Hand über den silbergrauen Stoppelkopf und grinste versonnen. »Der Steff«, sagte er mit schwerer Zunge. »Der Steff hat morgen ordentlich zu tun.«

»Richtig so!« Die beiden Polizisten stießen mit den Gläsern an.

»Hier, trink noch eins«, grölte Wolfi, und ehe er reagieren konnte, hatte Herbie wieder ein Bier in der Hand.

In diesem Augenblick probierte irgendein Besoffener aus, ob der Feuerlöscher aus seinem Auto noch funktionierte. Ein Schaumteppich legte sich über die mittlerweile entstandene Mondlandschaft.

# Zwölftes Kapitel

Ein paar Stunden später tastete sich Herbie an den Hauswänden entlang zu seinem Auto, das er an der Hauptstraße abgestellt hatte.

*Es ist nicht dein Auto. Das sollte dich beruhigen. Mit Köbes' Auto darfst du selbst in deinem momentanen Zustand bedenkenlos fahren.* Julius bewahrte Haltung, während Herbie gekrümmt über den Bürgersteig schlich. Als er zu seinem Begleiter aufsah, wirbelten drei feist grinsende Juliusgesichter durch die Abendluft, umtanzt von tausend Mücken.

»Lass mich doch feiern, Julius«, murmelte Herbie, »lass deinen alten Freund doch ein bisschen feiern. Ich habe doch wirklich Grund genug dazu, oder? Köbes kommt frei und fertig ist die Laube!« Er versuchte, in die Hände zu klatschen, was gründlich misslang.

Als er das Auto des Brautpaares passierte, das ein paar hundert Meter entfernt vom Geschehen am Straßenrand geparkt war, staunte Herbie trotz des Alkoholnebels, der ihn umgab, wie erfinderisch man doch bei der Dekoration eines Autos sein konnte. Was Christo mit dem Reichstag veranstaltet hatte, war einfallslos dagegen. Man hatte das Auto, bei dem es sich möglicherweise um einen Corsa handelte, komplett mit Toilettenpapier verhüllt. Darauf hatte man mit Sprühlack »Steff und Birgit« rundherum in unendlicher Folge gesprüht. Die Krönung des Ganzen war allerdings eine kniehohe Mauer, die man in aller Eile, jedoch mit äußerster Akkuratesse mit Klinkersteinen und Schnellzement rund um das Auto hochgezogen hatte.

»Dieser Steff. Warum heiratet der nicht irgendwo im Ausland?«, fragte Herbie.

*Wer weiß, wie die Sitten in fremden Ländern sind? Möglicherweise droht ihm da noch schlimmeres Ungemach.*

Jemand stand neben Köbes' Auto und pinkelte in die Nacht. Es war der ältere Polizist, Willems.

»Du willst doch nicht mehr fahren?«, fragte er und schüttelte ab.

Herbie machte eine wegwerfende Handbewegung. »Quatsch. Nicht, nachdem, was Wolfi mir ... oh Mann, dieser ›Eifelgeist‹. Ich vertrag einfach keinen Schnaps.«

*Du bist doch schon blau, wenn du die Bremsspur eines Milchwagens siehst.*

Die beiden Männer lehnten sich Seite an Seite mit dem Rücken gegen das Auto.

Aus der Ferne grölte der Junggesellenverein: »Es scheint der Mond so hell auf dieser Welt! Zu meinem Mädel bin ich hinbestellt ...«

»Oh Mann, ich muss jetzt aufhören zu saufen. Morgen Abend hab ich wieder Dienst. Schön, dass heute überhaupt noch geheiratet ...« Der grauhaarige Mann mit dem kantigen Gesicht musste aufstoßen und ließ den Rest des Satzes unausgesprochen in der warmen Abendluft hängen.

»Stimmt.«

»Meine ist schon vier Jahre tot. Verdammte Scheiße.«

Herbie schwieg. Die Stille rauschte in seinen Ohren.

»Krebs.«

»Schlimm.« Mehr fiel Herbie zu dem Thema nicht ein.

»Der Jörg, der heiratet auch bald«, sagte Willems, und seine Stimme bekam einen wehmütigen Klang. »Der heiratet die Sonja. Die Sonja, die ist was ganz Besonderes. Alle waren hinter der her, aber der Jörg, der hat se gekriegt. Vor zwei Monaten, in der Mainacht, da haben die Jungs ihm eine Kalkspur von seiner Wohnung bis zum Haus von der Sonja gezogen. Quer durchs ganze Dorf. Mitten auf der Straße. So machen die das hier mit denen, die demnächst heiraten. Großes Haus. Riesenkasten. Der Vater schafft bei Gerolsteiner. Richtig Kohle. Der Jörg hat das verdient, verstehste?« Unvermittelt blickte er Herbie an, und dieser bemerkte im Schein der Straßenlaterne, dass Tränen in die Augen des Mannes getreten waren. »Es gibt keinen wie den Jörg. Der Junge kommt aus dem letzten Dreck. Die Mutter ist beim sechsten Kind gestorben, und der Alte hat sich tot gesoffen.«

Herbie fühlte sich einigermaßen hilflos. Eigentlich war das nicht der richtige Zeitpunkt für tief schürfende Gespräche, aber der Alkohol lockerte nun mal die Zunge und half dabei, das Herz zu erleichtern.

*Erde an Feldmann, Erde an Feldmann, bitte melden! Kannst du überhaupt noch verstehen, was er sagt? Dann nick ihm wenigstens ab und zu freundlich zu.*

Herbie nickte artig. Der alte Mann rührte ihn. Fast hätte er begonnen, von Nina zu erzählen. Von seiner Liebe zu ihr und von dem Schmerz, den er empfunden hatte, als sie ihm gestanden hatte, dass sie diesen Chris immer noch nicht vergessen konnte. Aber sein Nebenmann fuhr schon fort in seinem Sermon.

»Sechs Kinder, und aus keinem Einzigen ist was Ordentliches geworden, nur aus meinem Jörg. Nächstes Jahr geh ich in Pension. Dann muss er alleine weitermachen. Aber das schafft der auch. Ich wünschte, ich hätte einen Sohn gehabt wie den Jörg ...« Erst jetzt zog er sich mit einem Ruck den Reißverschluss der Hose zu. Das brachte Bewegung in ihn.

Er baute sich vor Herbie auf und sagte: »So!« Dann drehte er sich abrupt um und überquerte die Straße, ohne nach rechts oder nach links zu sehen. Er salbaderte weiter und wedelte mit dem rechten Arm.

»Nicht mehr fahren, okay?«, rief er, ohne sich umzudrehen.

»Keine Sorge!«, rief Herbie, während er die Autotür aufschloss.

Einige Augenblicke später ließ er sich erleichtert in den Fahrersitz plumpsen und grinste beseelt. »Ach, ist das schön.«

*Was meinst du genau? Die Tatsache, dass du sternhagelvoll bist, oder den Umstand, dass du dich etwa eine Autostunde entfernt von deiner Schlafstatt befindest?*

»Köbes«, stieß Herbie hervor. »Sie lassen ihn frei!«

*Bedauerlich genug.*

Plötzlich blitzen Herbies Augen auf. »Aber wir dürfen eines nicht vergessen, Julius!«

*Und das wäre?*

»Um den Mörder brauchen wir uns nicht länger zu kümmern, richtig?«

*Völlig richtig.*

»Aber wir haben noch einen Auftrag zu erledigen. Etwas, das keinen Aufschub duldet. Eine Heldentat gewissermaßen.«

*Die A1 fertig bauen? Heino zum Schweigen bringen? Das Briefporto senken? So was in der Art?*

Herbie brachte es relativ reibungslos fertig, den Schlüssel ins Zündschloss zu stecken. »Frau Delamot. Das Bild. Ihr Aktgemälde. Wir haben versprochen, uns um diese Bild zu kümmern, bevor es in die falschen Hände gerät!«

*Ich kann mich nicht erinnern, irgendwem ein derartiges Versprechen gegeben zu haben, mein Bester!*

Der Motor heulte auf, und sie schossen aus der Parklücke. Mit einem eleganten Schwenk wendete Herbie auf der Hauptstraße, bemerkte dann erst, dass er sich zuvor doch in der richtigen Fahrtrichtung befunden hatte und wendete erneut mit quietschenden Reifen.

Er kurbelte das Seitenfenster herunter und ließ erfrischenden Fahrtwind hereinströmen.

Dann sang er »Die Nacht ist nicht allein zum Schlafen da, die Nacht ist da, dass was gescheh'! Ein Schiff ist nicht nur für den Hafen da, es muss hinaus, hinaus auf weite See!« und schoss nordwestwärts über die nächtliche Landstraße.

* * *

Mit zitternden Händen hatte sich Ingrid Delamot ein kleines Fläschchen Whiskey aus der Minibar ihres Hotelzimmers genommen und den Inhalt in ein Glas geschüttet. Im Fernsehen lief eine Comedysendung, deren Akteure grimassierten, was das Zeug hielt. Sie hatte den Ton abgedreht. Die Tatsache, dass sich dort etwas bewegte, beruhigte sie. Die Schauspieler, egal, wie dämlich sie sich auch anstellten, gaben ihr das Gefühl, nicht allein in diesem Zimmer zu sein.

Sie war viel zu oft allein.

Sie ertrug das nicht mehr. Es hatte Momente gegeben, in denen sie daran gedacht hatte, ein Hotelzimmer wie dieses zu mieten, einen letzten schönen Tag in der Natur zu verbringen, sich nach einem Abendspaziergang mit dem Inhalt einer Schachtel Schlaftabletten in das Hotelbett zu verkriechen, um nie mehr in dieser einsamen Welt aufwachen zu müssen.

Sie schluckte den Whiskey hinunter und schüttelte sich. Ein wärmendes Gefühl machte sich in ihrer Brust breit.

Dann griff sie zum Telefon und wählte die Nummer von Deborah Delamot.

Es dauerte eine Weile, bevor am anderen Ende abgehoben wurde.

»Ja, bitte?«

Menschen, die am Telefon nicht ihre Namen nannten, waren ihr von jeher suspekt gewesen. Sie hatten meistens etwas zu verbergen.

»Ich bin's. Ingrid.«

Debbie stöhnte leise auf. »Was willst du noch? Warum bist du immer noch hier?«

»Keine Angst, ich reise bald wieder ab.«

»Ich will meine Ruhe haben, verstehst du?« Deborah sagte das ohne jede Schärfe. Es klang müde und erschöpft. Ingrid Delamot war überrascht.

»Hast du Hermann getötet?«

Am anderen Ende blieb es still.

»Ich muss das wissen. Ich würde es dir zutrauen. Wenn du es getan hast, will ich wissen, warum. Hast du es wegen des Erbes getan?«

Deborah lachte schrill auf. »Erbe? Sag mal, meine Liebe, ich glaube, bei dir ist die ein oder andere Schraube locker, was? Was hätte Hermann mir denn schon vererben können, was ich nicht sowieso in ein paar Jahren bekommen hätte? Er war ein alter Mann! Ein *sehr* alter Mann!« Sie machte eine Pause und setzte dann ein gezischtes »Und du bist eine alte Frau!« hinterher.

»Eifersucht? War es vielleicht Eifersucht? Dann wüsste ich wenigstens, was in dir vorgegangen ist. Sag mir, warum du das getan hast!« Ingrid Delamot spürte, wie die Verzweiflung sie packte.

Im Fernsehen gab es eine Werbeunterbrechung. Weiß gekleidete, schöne Menschen glitten auf einer schneeweißen Segelyacht durch ein azurblaues Meer und aßen Süßigkeiten.

»Eifersucht? Worauf denn bitte eifersüchtig? Auf Hermanns fette kleine Mädchen? Ich bitte dich.«

Ingrid Delamot suchte nach ihren Zigaretten, fand sie aber im erreichbaren Umkreis nicht. »Hat er was gehabt mit diesen fetten kleinen Mädchen?«

»Was weiß ich? Er hat sie gemalt und vielleicht hat er sie auch gefickt. Möglicherweise hat ihn das wieder hochgebracht. Es ist mir egal. Richtig scheißegal. Er hat fast nur noch in Mirbach gehaust.«

»Gehaust?«

»Gehaust!« Dann schwieg sie wieder.

»Erzähl bitte weiter.«

»Ich bin müde. Ich habe dir nichts mehr zu sagen. Ruf mich nicht mehr an.«

»Mein Bild, ich will nur dieses eine Bild.«

»Leck mich am Arsch mit deinem verdammten Bild, Ingrid.«

»Ich werde mit der Polizei reden. Ich werde denen erzählen, wie du über Hermann sprichst. Dann nehmen sie dich in die Mangel!«

Aus dem Hörer erklang ein Lachen. Ein lang anhaltendes, hysterisches Lachen. Und dann sagte Deborah glucksend: »Tu das. Geh hin und sprich mit ihnen. Weißt du, was dann passiert? Dann werde ich denen erzählen, dass du keineswegs erst nach Hermanns Tod angereist bist, wie du mir vorgestern am Telefon erzählt hast, sondern schon einen Tag vorher. Ein einziger Anruf in deinem Hotel hat ausgereicht, um das in Erfahrung zu bringen. Das wird die viel mehr interessieren, als deine Phantastereien, meinst du nicht auch?«

Ingrid Delamot schlug das Herz bis zum Hals. Ihre Hand krampfte sich um den Hörer.

»Hat es dir die Sprache verschlagen? Du bist krank, du verrückte alte Schachtel! Ich rate dir, lass mich in Ruhe, sonst wirst du mich von einer anderen Seite kennen lernen. Du bist allein auf dieser Welt! Keiner wird dir helfen. Ich bin auch allein, aber der Unterschied ist: Ich wollte es so haben!«

Ingrid sah Deborah und ihre rote Mähne vor sich. Sie sah das triumphierende Grinsen in ihrem schneeweißen Gesicht. Sie versuchte, sich vorzustellen, wie sie in einen Seidenpyjama gehüllt im Schneidersitz auf ihrem Bett hockte und sich das schnurlose Telefon ans Ohr presste.

Langsam ließ sie den Hörer auf die Gabel sinken und starrte wie gebannt auf den Fernseher, in dem ein ehemaliger Fußballer Werbung für ein Anti-Schuppen-Shampoo machte.

## Dreizehntes Kapitel

Der RPR-Sprecher im Autoradio erklärte, dass es im Falle des gestohlenen Ölgemäldes immer noch keine neuen Erkenntnisse gebe, dass allerdings inzwischen zahlreiche Hinweise aus der Bevölkerung eingegangen seien.

Herbie war nach Ingrid Delamots Beschreibung hinter dem Wiesbaumer Kreisverkehr links in einen Feldweg abgebogen und war über die unbefestigte Fahrbahn am Waldrand entlang bis kurz vor den Ortseingang gefahren.

Während der ganzen Zeit hatte er den Fahrtwind durch's offene Fenster hereinpusten lassen, um wieder einigermaßen nüchtern zu werden. Der Erfolg war mäßig. Die Kurven nahm er immer noch mit sehr viel Schwung, und er konnte von Glück sagen, dass der Gegenverkehr in dieser Nacht überschaubar war.

Das Auto hatte bedenkliche Geräusche verursacht, die sowohl vom Auspuff als auch vom Vergaser oder von der Wasserpumpe herrühren konnten. Wahrscheinlich kamen sie von allen dreien. Das gelbliche Licht der Scheinwerfer schlich über die unebene Fahrbahn und verlosch, als er den Motor ausmachte. Zu seiner Linken schälte sich die Silhouette eines großen Brennholzlagers aus der Dunkelheit.

Von hier aus ging es zu Fuß weiter.

Er zog sich die Einweghandschuhe über, die er aus Köbes' Verbandkasten genommen hatte. Als in diesem Moment ein Auto um die Ecke gebogen kam und ihn mit seinen grellen Scheinwerfern blendete, versuchte Herbie unbeholfen sich abzuwenden, damit niemand sein Gesicht zu sehen bekam. Nachdem das Fahrzeug über den Feldweg verschwunden war, machte Julius ihn auf seine ganz und gar unpassende Garderobe aufmerksam.

*Es gibt nur wenige Kleidungsstücke, die weniger geeignet wären für einen solchen Streifzug durch die Nacht, als die, die du anhast.*

Herbie blickte an sich herunter. Ein bananengelbes Poloshirt und eine sandfarbene Jeans, das war zwar sommerlich-chic, aber Julius mochte durchaus Recht haben.

*Nun ja, eine Feuerwehrweste wäre vielleicht noch schlechter.*

»Ich war nicht darauf eingerichtet«, brummte Herbie, während er versuchte, sich an die Dunkelheit zu gewöhnen. Es waren Wolken aufgezogen, und ein angenehm kühler Wind ließ das Laub am Wegrand leise rascheln. Bald hatten sie die erste menschliche Behausung erreicht.

»Hier steht doch überhaupt kein Haus«, sagte Herbie nachdenklich. Die Straße ist doch nur linksseitig bebaut. Ich sehe kein Haus auf der rechten Seite.«

Und plötzlich tauchte zwischen den Büschen und dem Gestrüpp eine Einfahrt auf. Herbie erkannte die finsteren Umrisse eines Gebäudes.

Es war ein einfaches Eifeler Langhaus, soweit er das erkennen konnte. Alles um das Haus herum war verwildert. Die Einfahrt, der Garten, überall hatte sich die Natur ihr Terrain zurückerobert. Den Nachbarn musste das ein Dorn im Auge sein. Eine Gosse, die am Samstag gesäubert werden musste, suchte man hier vergeblich. Das Gesträuch hatte längst seine Blätter und Halme darüber ausgebreitet und in Humus verwandelt.

»Künstlern sieht man so was wahrscheinlich nach«, vermutete Herbie.

*Vorausgesetzt, sie malen Dinge, die man sich auch übers Sofa hängen kann.*

Langsam pirschten sie voran und drangen bis zur Haustür vor. Herbie verfluchte den Umstand, dass er ohne jegliche Lichtquelle auskommen musste. Die Haustür schien eines der geschmacklosen Fünfziger-Jahre-Modelle aus Messing, Milchglas und pastellfarbenem Lack zu sein.

»Ist das ein Polizeisiegel da auf der Tür?«, hauchte er. »Ja, ich glaube, das ist eins. Damit fällt die Haustür schon mal weg. Verdammter Mist.«

*Tu nicht so, als hättest du sie sonst aufgekriegt, mein Teuerster. Komm mir nicht mit der Scheckkarten-Nummer, sonst muss ich lachen. Du hast ja nicht mal eine Scheckkarte.*

Herbie stolperte die drei Steinstufen hinunter und umrundete die Hausecke, wobei er eher strauchelte als zu schleichen.

An der Längsseite des Hauses stieß er auf den Garagenanbau, der ihm beschrieben worden war. Das Tor stand weit offen und Herbie war hoch erfreut.

»Eine Garage, mein guter Julius, birgt meistens allerlei Gerät. Warum nicht auch ein Lämpchen oder ein Kerzchen?«

*Ein Lichtlein in dieser dunklen Zeit? Lass es uns versuchen.*

Als er in die finstere Öffnung hineinschritt, streckte Herbie die Hände so weit es ging nach vorne aus. Er hatte keine Lust, mit irgendwelchen in der Finsternis abgestellten Gegenständen zu kollidieren. Er ertastete ein Möbel, einen hölzernen Schrank, wie ihm schien. Nachdem er es geschafft hatte, diesen zu öffnen, glitten seine Hände im Innern über Schachteln und Einmachgläser.

*Dr. Fu Man Chus verlassenes Labor? Embryonen in Spiritus? Oder doch nur die Augäpfelsammlung?*

Herbie schüttelte eins der Gläser, und das, was er vernahm, klang nach Nägeln. Es folgte eine Kiste voller Kleinkram. Dann etwas, das stach. Herbie fluchte auf und wühlte weiter, wurde aber nicht fündig. Dann erfühlte er eine weitere Kiste voller Blumenzwiebeln.

Flaschen, Schraubenzieher, Hammer ...

Er ging weiter durch den Raum und stieß gegen einen Stapel Autoreifen. An der Wand hing eine Aluminiumleiter.

Mittlerweile konnte er auch die Schemen der Gegenstände erkennen. Seine Augen begannen, sich an die Dunkelheit zu gewöhnen.

Und während der ganzen Zeit ging ihm der Rhythmus der Zillertaler Schürzenjäger nicht aus dem Kopf.

»Nix zu machen. Wir müssen im Haus nach einer Kerze oder was Ähnlichem suchen.«

Er verließ die Garage wieder, und trotz des spärlichen Mondlichts kam es ihm jetzt hier draußen regelrecht hell vor.

Ingrid Delamot hatte etwas von einem versteckten Eingang erzählt, durch den sie ohne Schlüssel ins Haus gelangen konnten.

Zu diesem Zweck mussten sie auf das Dach der Garage, und Herbie besann sich auf die Leiter, die er vor wenigen Minuten entdeckt hatte.

Als er sie kurze Zeit später gegen die Garage lehnte und hinaufsteigen wollte, sackte sie ein gutes Stück ins Erdreich und schrammte an der Dachrinne entlang. Das Quietschen erinnerte stark an das »Schleifen« auf dem Walsdorfer Polterabend. Gottlob war es aber nicht halb so laut. Herbie stieg beherzt hinauf und bemerkte erfreut, dass er von Minute zu Minute nüchterner wurde.

Es gab ein kleines Sprossenfenster, das direkt aufs Garagendach hinausging. Nach Ingrid Delamots Angaben handelte es sich hierbei um das Badezimmerfenster. Sie hatte erzählt, dass ihr Schwager, als er noch unter den Lebenden weilte, hier immer den Wiedereinstieg ins Haus gefunden hatte, wenn er sich wieder einmal ausgesperrt hatte. Und das war angeblich oft genug vorgekommen.

In das Fenster war ein zweiter kleiner Rahmen eingelassen worden, so dass man eins der oberen kleinen Scheibchen separat aufklappen konnte. Als Herbie dagegen drückte, gab es tatsächlich nach und schwang nach innen. Er griff mit dem Arm hindurch und ertastete den Fenstergriff. In dem Moment, in dem er ihn gedreht hatte, schwang das Fenster auf, und Herbie wäre fast, bis zur Achsel im Fensterrahmen hängend, nach innen gestürzt.

*Mach das noch öfters. Das sah toll aus.*

Im Badezimmer roch es nach Schimmel und Urin, und Herbie beeilte sich, so schnell es ging, den kleinen Raum wieder zu verlassen.

»Wo wollen wir zuerst suchen, Julius?« Er tastete sich euphorisch in den Flur hinein. Der Einstieg war gelungen! Was konnte ihn jetzt noch aufhalten?

Voller Eifer öffnete er die gegenüberliegende Tür und stolperte in einen Raum hinein, der mit Kisten vollgestellt war, soweit er das erkennen konnte.

Plötzlich durchzuckte ihn ein Gedanke. »Der Sicherungskasten!«

*Was willst du? Licht machen? Mücken und Nachbarn anlocken? Und wieso am Sicherungskasten?*

»Wart's ab!« Er strich mit den Händen an der Flurwand entlang. Immer wieder stieß er dabei gegen Bilderrahmen, und beinahe wäre er am Ende des Flures ungebremst die Treppe hinunter ins Erdgeschoss gestürzt. Er fing sich im letzten Augenblick und war plötzlich sehr, sehr klar im Kopf.

Dann versuchte er es an der gegenüberliegenden Wand.

In den meisten alten Häusern war der Sicherungskasten nahe der Hauptzuleitung angebracht, die durchs Dach kam.

Sein Gespür hatte ihn nicht getrogen. Er fand das kleine Kästchen und tastete es ab.

*Greif hinein, und du leuchtest von selbst.*

»Bingo!« Auf dem Kästchen fand er eine Kerze nebst Streichhölzern, beides überzogen von einem dichten Staubpelz.

*Nun tu mal nicht so, als seist du gerade in das Topkapi-Museum eingebrochen. Ein morsches Fenster, eine Stumpenkerze. Verfilmt wird die Nummer bestimmt nicht.*

Als Herbie die Kerze entzündet hatte, wurde es mit einem Mal unheimlich. Das flackernde Licht warf beunruhigende schwarze Schatten in Türöffnungen und hinter Möbel, und Herbies Begeisterung löste sich augenblicklich in Nichts auf.

Als er eine weitere Tür öffnete, fand er sich augenscheinlich im Schlafzimmer wieder. Er zog rasch den Vorhang vor das Fenster, um nicht entdeckt zu werden.

Ein Bett, ein Stuhl, ein Radiowecker mit roten Leuchtziffern. Er öffnete den Schrank und glitt mit der Hand an einer Reihe von Kleidungsstücken vorbei, die mit Sicherheit Delamot gehört hatten. Die Menge ließ ihn aufmerken und deutete darauf hin, dass der Maler vermutlich nicht nur von Zeit zu Zeit hier übernachtet hatte, wie seine junge Witwe ihn hatte glauben machen wollen.

Ein einziges Bild schmückte die Wand. Trotz der unzureichenden Beleuchtung konnte Herbie erkennen, dass hier kein ungelernter Feld-, Wald- und Wiesenmaler am Werk gewesen war. Die dargestellte winterliche Gasse führte durch Kronenburg, wie er glaubte. Er ging ganz nah an das Bild heran und sah zum ersten Mal die Signatur: H.Delamot '64. Es sah etwas krakelig aus.

»Wirklich große Klasse. Wenn die alle so sind ...« Herbie strich mit dem behandschuhten Finger über die pastös aufgetragene Ölfarbe des Gemäldes.

Sein Blick fiel auf die Uhr. Gleich halb zwei.

*Leg dich erst mal ins Bett, mein Junge. Guck dir morgen früh alles in Ruhe an. Vielleicht kommt dann auch die Polizei und macht eine Führung mit dir durch's Museum.*

Herbie verließ den Raum und stieg die knarrenden Treppenstufen zum Erdgeschoss hinunter. Beim Garderobenspiegel erschrak er für den Bruchteil einer Sekunde vor seinem eigenen Spiegelbild.

Hier unten hing ein Bild neben dem anderen. Soweit er das mit einem flüchtigen Blick erfassen konnte, handelte es sich ausnahmslos um Landschaftsdarstellungen in verschiedenen Formaten. Sie alle schienen die gleiche Qualität zu haben, wie das, was er im Schlafzimmer in Augenschein genommen hatte. Die ganze Ausstattung im Flur hatte etwas regelrecht Museales.

Das Wohnzimmer, in das er nun zaghaft hineinblickte, zeugte schließlich davon, dass hier gelebt und gearbeitet worden war.

Die Staffelei thronte vor dem Fenster wie ein Altar.

* * *

In Walsdorf war das Bier alle. Bei einem Getränkehändler, den man per Handy aus dem wohlverdienten Schlaf gerissen hatte, wurden weitere Fässchen geordert. Als er hörte, dass es um Steff und seinen Polterabend ging, machte er keine Zicken und erklärte schadenfroh, es solle schnell jemand vorbeikommen und das Zeug abholen.

Wolfi hielt sich unterdessen an der Stange des Bierpavillons fest und hatte seine Schlagzahl deutlich gesenkt. Sein kritischer Pegel war beinahe erreicht.

Ulrike, die sich schon vor zwei Stunden rigoros verweigert hatte, nippte an ihrer Cola und betrachtete ihren Gefährten mit wachsender Skepsis. Nicht ein einziger Tanz war an diesem Abend für sie herausgesprungen, und Wolfi hatte fortwährend irgendwelchen Frauen hinterhergestarrt, die er »noch aus dem Sandkasten kannte«, wie er es immer empört formulierte, wenn er ihrem wütenden Blick begegnete.

»Arme Sau«, lallte er und legte den Arm um Willems' Schulter. »Morgen musst du arbeiten. Und die Uli und ich, wir bleiben den ganzen Tag im Bett.« Er versuchte ein wollüstiges Lächeln, was gründlich danebenging.

Willems seufzte. »Bei uns ist die Hölle los. Bilderklau, Mord ... Ich könnt kotzen.«

»Arme Nati«, brummte Wolfi. »War nicht schön, aber immer gut drauf.« Ihm entschlüpfte ein vieldeutiges Grinsen.

»Kanntest du die vielleicht auch noch aus dem Sandkasten?«, empörte sich Ulrike. Ihre Stimmung verschlechterte sich von Minute zu Minute.

Wolfi winkte ab. »Ruhig Mädchen, ruhig. Die Nati hat bei uns in der Klinik geputzt. Schon vergessen? Außerdem war das 'ne andere Altersklasse als unsereins.« Er deutete mit dem Daumen über seine Schulter zu den jungen Leuten, die trotz der vorgerückten Stunde noch erstaunlich munter waren und sangen. »Von denen hat der ein oder andere bestimmt schon seine Erfahrungen mit der gesammelt.«

Ulrike zischte empört: »Nati ist tot. Lass das.«

Aber Wolfi war über den reichen Alkoholkonsum offensichtlich seines Taktgefühls völlig verlustig gegangen. »Die Nati, die hat ja irgendwie mit allen ... Mit miiir natürlich nicht!«, schob er rasch dazwischen. »Aber auf der Kirmes in Hillesheim, da hab ich sie gesehen. Dein Jörg, der hat ganz schön mit der rumgemacht.« Er fuchtelte Willems mit dem Finger vor der Nase herum.

»Lass den Jörg in Ruhe. Der ist vergeben, der hat so was nicht nötig«, knurrte Willems und trank seine Cola leer. »Ich geh jetzt.«

»Du tust immer so, als wär der Junge ein Heiliger. Nur, weil der mit dir in der Bullenschaukel rumgondelt.«

»Halt dein Maul, du bist besoffen«, sagte Willems barsch, so, als sei er im Gegensatz dazu stocknüchtern und vollkommen bei Sinnen.

»Die hat doch nun wirklich mit jedem rumgemacht und mit dem alten Sack am Maar auch«, kicherte Wolfi und stieß Ulrike fort, die ihn am Arm zog, um ihn zum Gehen zu bewegen. »Und mit deinem Jörg auch! Hundertprozen ...« Und dann brach er zusammen, riss noch ein paar Biergläser mit in die Tiefe, und Ulrike brach vor lauter Wut und Enttäuschung in Tränen aus.

Willems betrachtete erstaunt seine Faust, die er bereits geballt hatte, um das besoffene Großmaul zum Schweigen zu bringen.

## Vierzehntes Kapitel

Um die große hölzerne Atelierstaffelei herum war alles arrangiert wie für ein üppiges Stillleben. Der Stuhl, die Tischchen und Regälchen, die überquollen vor Gläsern und Pinseln, vor Farbtuben und Kästchen und Lappen. Ein intensiver Geruch von Leinöl und Terpentin hing in der Luft.

Auch in diesem Zimmer zog Herbie rasch die Vorhänge zu. Vor dem Fenster, das in die Stirnseite des Hauses eingelassen war, stand ein Tisch, auf dem allerlei Arbeitsgerät verstreut lag. Auch hier Pinsel und Papierbögen, Bleistifte und Kohlestücke.

An der Wand neben dem Fenster war ein Blatt Papier festgeheftet, das seine Aufmerksamkeit auf sich zog. Ein Dutzend Signaturen war dort zu erkennen. Ausschnitte aus Zeichnungen und Gemälden, wie er am Hintergrund der etwa briefmarkengroßen Schriftproben erkennen konnte. Er las: »F.v.W.«, auf dem nächsten »Fritz v. Wille« und an anderer Stelle wieder: »F. v. W.«, etwas schwungvoller im Strich, etwas leichter in der Linienführung, aber immer wieder »F. v. W.« Auf dem Tisch lag ein ähnliches Blatt. Dieselben Signaturen, auf einem kopierten Blatt mit dunkelgrauen Rändern. Dort lag auch ein Ordner, den er mit spitzen Fingern aufschlug. Er las auf dem Registerrand Namen, die er noch nie gehört hatte: »Prüssen«, »Rasenberger«, »Inden«.

»Degode«, der kam ihm bekannt vor. Gab es da nicht bei Tante Hettie so ein Riesengemälde?

»Was hat das alles zu bedeuten, Julius?«

Ratlos blickte er zu Julius hinüber, der vor einer Staffelei stand und in die Betrachtung des Keilrahmens mit der aufgespannten Leinwand versunken war.

Als Herbie an seine Seite trat, musste er schlucken.

Die Farben waren prachtvoll, der Himmel dramatisch. Das strahlende Gelb des Ginsters rahmte einen Wiesenflecken im Zentrum des Bildes ein, auf dem eine nackte junge Frau ihre üppigen Reize den Sonnenstrahlen entgegenstreckte, die in silbrigen Bahnen durch die Wolken in die Landschaft rieselten.

Das Bild war fast fertig, wie es schien. Herbie hegte keinen Zweifel daran, dass es sich um Nati handelte.

Julius und er blickten sich an und schwiegen ernst.

Der alte Wohnzimmerschrank quoll über vor Papieren und Skizzenblöcken. An den Wänden entlang waren Unmengen gerahmter und ungerahmter Gemälde gestapelt, und Herbie verließ der Mut. »Wo soll ich nur suchen, Julius? Das Bild kann doch überall sein. Wer weiß, was er auf dem Dachboden verstaut hat.«

*Deine Ehre, mein Freund! Deine Ehre!*

»Ach, lass mich doch damit in Ruhe!« Mutlos schob Herbie eine der Glasscheiben des Schrankes beiseite und zupfte eine Zeichnung aus dem Stapel heraus. Er runzelte die Stirn. Bei dem nächsten Blatt wurde dieses Stirnrunzeln nicht geringer. »Unser begnadeter Herr Delamot scheint einer gewissen Altersgeilheit anheim gefallen zu sein.« Die Skizzen zeigten Brüste und gespreizte Beine, festgehalten in Kohle. Immer wieder schien es sich um Nati zu handeln. Eine liebevolle Betrachtung oder irgendeine Emotionalität allerdings ließen all diese Skizzen und Kritzeleien völlig vermissen. Auch das Bild von Nati, wie sie ihren nicht besonders wohlgeformten Körper in der Ginsterblüte zur Schau stellte, wirkte nicht anders. Kühl und distanziert. Alles wirkte analytisch, ja, geradezu sezierend, als habe Delamot sich daran gemacht, keinen Millimeter des Mädchens unentdeckt zu lassen. Aber es war eine Entdeckungsreise um der Haut und des Geschlechts willen. Dies waren nicht die Bilder eines Künstlers, der seinem Modell verfallen war.

»Wen haben wir denn da?« Herbie pfiff leise durch die Zähne. Er betrachtete eine Rötelzeichnung zweier Mädchenleiber. Die unförmige Nati lag ausgestreckt neben der schlanken, fast dürren Anja.

*Das ist unser kleiner Gelbschopf, gar kein Zweifel. Das erkennt man trotz Rötelstift.*

Herbie konnte die Auffassung von Ingrid Delamot nicht teilen, dass ihr früherer Ehemann als Portraitist nichts getaugt haben sollte. Auch wenn die Gesichtszüge das Unwichtigste bei diesen Arbeiten waren, hatte Delamot sie klar und sicher festgehalten.

Aus dieser Sitzung war ein ganzes Bündel von Skizzen hervorgegangen. Auch Anja hatte sich zu einigen besonders pikanten Posen hinreißen lassen. Eine dieser Zeichnungen, bei der die Darstellung des Gesichts besonders gut gelungen war, faltete Herbie respektlos zusammen und ließ sie in seiner Hosentasche verschwinden.

*Dekoration fürs trostlose Eigenheim? Ein besonders künstlerischer Spindschmuck?* Julius schüttelte missbilligend den runden Kopf.

»Ein Beweisstück«, sagte Herbie und steckte gleich noch eine Fotokopie der Von-Wille-Unterschriften ein.

»Was mag das alles wert sein?«, fragte Herbie und beschrieb eine vage Handbewegung in Richtung der Bilderstapel.

*Egal, was es wert ist, unsere Eisprinzessin wird es schon zu Gold machen.*

»Ob die Polizei das schon alles unter die Lupe genommen hat? Das muss doch Unmengen von Zeit kosten, hier nach Indizien zu suchen.«

Wie um das vorzuführen, begann Herbie völlig ziellos, ein paar der hintereinander gestapelten Gemälde durchzuschauen. Es gab Burgen im Winter und Burgen im Herbst, es gab die Dolomitfelsen bei Gerolstein in sämtlichen Jahreszeiten und es gab eine stattliche Anzahl von Dünen und Meeresbrandung.

»Wo würde er den Akt seiner geschiedenen Frau hinstellen? Immer vorausgesetzt, er hat ihn überhaupt noch in seinem Besitz. Vielleicht hat ihn ja schon längst irgendein Trödler aus dem Sperrmüll gefischt und hat ihn an amerikanische Touristen verkauft.« Er suchte weiter und drehte manchmal, bei länglichen, querformatigen Bildern den Kopf zur Schulter. »Sie war seine Exfrau, und unter diesen Schöpfungen, die ihn jeden Tag hautnah umgaben, wird er's nicht stehen haben.«

Sein Blick fiel plötzlich auf ein flaches Paket aus braunem Packpapier, das seitlich an den Schreibtisch gelehnt stand. Vorsichtig näherte er sich dem Paket mit der Kerze und suchte nach einer Anschrift oder einem Absender. Ganz offensichtlich enthielt es ein Bild, so viel verriet das Format.

Herbie fischte eine Schere vom Schreibtisch und zerschnitt die Kordel, die das Paket verschnürt hielt.

*Völlig skrupellos. Bei dir sind alle Dämme gebrochen, was?*

Herbie rupfte an dem Packpapier und traute seinen Augen nicht.

Fassungslos angesichts des Paketinhalts ließ sich Herbie auf den Boden plumpsen und verschüttete dabei mit einem leisen Aufschrei heißes Kerzenwachs auf seinem nackten rechten Arm. Die Kerze entglitt seiner Hand und verlosch. In weiser Voraussicht hatte er vorhin die Streichhölzer eingesteckt und entzündete erneut seine einzige Lichtquelle.

Vor ihm erschien das Gesicht der jungen Ingrid Delamot. Schamhaft verzichtete er darauf, den Rest des Papiers zu entfernen. Man konnte genug erkennen, um zu sehen, dass es sich um den gesuchten Akt handelte.

»Was sagt man dazu?« Herbie grinste Julius an. »Wie auf dem Präsentierteller! Manchmal gehört einfach ein ordentlicher Zufall dazu.«

*Du hältst das für einen Zufall?*

Herbie wendete das Paket in seinen Händen und entdeckte den Zipfel eines Briefumschlags, der hinter die Leinwand geklemmt war. Nur wenige Worte waren darauf geschrieben. Es war eine feine, geschwungene Männerschrift: »Danke für das Telefonat. Ich freue mich, wenn wir uns wiedersehen. Hermann«

Herbie hielt den Brief gegen die Flamme der Kerze. Nichts schimmerte durch, der Umschlag wahrte sein Geheimnis.

Herbie zögerte.

*Oh nein, das wirst du nicht tun.*

»Stimmt«, sagte Herbie schließlich und erhob sich schwerfällig. »Angenommen, dieses Paket ist für Frau Delamot bestimmt ... Für Frau Ingrid Delamot.«

*Glaubst du?*

»Glaube ich.« Herbie klemmte sich das zerrupfte Paket unter den Arm. »Nun, in diesem Fall muss uns die Dame einiges erklären.«

Seine Augen funkelten unternehmungslustig. »Das war ein sehr interessanter Atelierbesuch, Julius! Und nun lass uns schleunigst von hier verschwinden.«

*Die anderen Räume? Vielleicht findest du noch was Essbares für deine Heimstatt? Ein paar Geschirrtücher könntest du auch noch gebrauchen.*

»Geschenkt! Wir haben, was wir brauchen.« Herbie drehte sich noch einmal um die eigene Achse und schickte den wabernden Kerzenschein durch den Raum.

»Hier hat ein großer Geist gewirkt«, sagte er, während er hinausging. »So was bleibt im Haus, Julius. Die Wände haben das eingesaugt und werden es noch Jahrhunderte lang ausatmen, glaub mir.«

*Du bist ein Weiser. Glaubst du, von all deiner Weisheit wird in ein paar Jahrhunderten auch noch irgendwo etwas übrig sein, was meinst du?*

Herbie kicherte leise. Er war jetzt allerbester Stimmung. Sein Gehirn versuchte fieberhaft, hinter all dem, was er in diesem verlassenen Haus vorgefunden hatte, ein Schema zu entdecken. Die Signaturen ... Anja ... Ingrid Delamots Bild ... all das waren lose Fäden, die es zu verknüpfen galt.

»Wir verschwinden wieder auf dem Weg, auf dem wir auch gekommen sind«, entschied Herbie und setzte den ersten Fuß auf die Treppe. Schon ertönte wieder das unheimliche Knarren der Dielen.

In diesem Moment erstarrte er. Er hob die Kerze in die Höhe, um besser in den Flur des Erdgeschosses blicken zu können. Die Schatten tanzten hin und her.

Mit einem Mal wurde es sehr kühl um ihn herum.

Er hatte etwas auf dem Boden liegen sehen, das er nicht richtig erkennen konnte.

Sein Unterbewusstsein hatte es allerdings längst als das erkannt, als das es sich bei näherem Hinsehen herausstellte.

Ein Schuh. In der blankpolierten schwarzen Spitze spiegelte sich der Kerzenschein.

Der Schuh lugte aus der Kellertür hervor, die unter der Treppe eingelassen war.

*Lass uns gehen. Es ist schon spät, und der Heimweg ist noch lang. Ich fürchte mich im Dunkeln.*

Als Herbie langsam seinen Fuß wieder von der Treppe nahm und sich auf den Schuh zu bewegte, spürte er, wie ihm die Panik den Nacken hinaufkroch.

Der Schuh steckte an einem Fuß. Herbie tippte gegen die hölzerne, niedrige Tür, sodass sie mit einem grauenhaft krächzenden Geräusch aufschwang.

Im Dunkel der winzigen, steinernen Treppe, die sich vor ihm in die Tiefe wand, lag der Körper eines Mannes. Herbie taumelte zurück und unterdrückte einen Schrei.

»Was ist das hier, Julius? Oh, verdammt, was geht hier bloß vor sich?«

# Fünfzehntes Kapitel

Sie rasten durch die Nacht. Herbie lenkte den Wagen durch den kleinen Ort Mirbach und hatte keinen noch so kurzen Blick für die Erlöserkirche übrig, die, von gelblichem Scheinwerferlicht umschmeichelt, erhaben und monumental auf ihrer Anhöhe thronte.

Er sah die ganze Zeit nur das Gesicht dieses Toten vor sich.

Der Mund des toten, fetten Mannes hatte weit offen gestanden, und dadurch, dass er mit dem Kopf nach unten auf der Kellertreppe lag, war sein Gesicht stark verzerrt gewesen. Seine fetten Wangen hingen schlaff nach unten, sodass seine Augen inmitten der teigigen Massen zu kleinen Schlitzen verengt waren. An der Schläfe klebte dunkles, schon verkrustetes Blut, und voller Ekel hatte Herbie eine Fliege von der Mundhöhle verscheucht, als er sich zwang, auf der schmalen Kellertreppe halb über den massigen Körper zu kriechen und in den Wülsten des Halses nach dem Puls zu tasten.

Es bestand kein Zweifel. Der Mann war tot.

Was ihn getötet hatte, vermochte Herbie nicht zu sagen, aber es sah so aus, als habe er hier an Ort und Stelle sein Ende gefunden. Herbie betrachtete seine zitternden Hände und war dankbar, dass er die Latexhandschuhe trug.

Das Hemd des Toten war aus der Hose gerutscht und enthüllte einen weißen, schwammigen Bauch, in dessen Mitte der Nabel so aussah, als habe jemand seinen Daumen in einen Hefeteig gedrückt.

Ein paar Zettelchen und Papiere waren aus der Innentasche des karierten Jacketts gerutscht und hatten sich verstreut.

Herbie hatte einen Personalausweis gefunden, der den Mann als einen gewissen Hubert Wallraff aus Köln auswies. Das Foto stellte den Toten wesentlich jünger und mit einem kleinen Kinnbart dar. Fett war er offensichtlich schon immer gewesen. Was hatte dieser Hubert Wallraff im Haus des toten Malers zu suchen gehabt?

*Wo fährst du denn hin?*

»Ganz egal, Julius!« Herbie presste die Hand auf das Paket auf dem Beifahrersitz, damit es nicht verrutschte, als er in die Kurve schoss. »Einfach nur weg. Ich will weg von hier!« Er raste mit quietschenden Reifen in den Kreisverkehr hinein.

*Nach Bad Münstereifel geht es aber in die andere Richtung.*

»Wir müssen zur Polizei. Ich fahre jetzt nach Walsdorf und reiße diesen Jörg Luxen von seinem Bierpavillon los. Der muss uns helfen.«

*Ach, so dick befreundet seid ihr also schon, dass du dich auf ein solches Risiko einlässt.*

»Was soll das denn heißen?« Herbie warf einen hektischen Blick in den Rückspiegel und sah Julius, der trotz der wild schaukelnden Bewegungen des Autos wie ein Berg aufrecht in der Mitte des Rücksitzes thronte.

*Das soll heißen, dass gar nicht viel fehlt, und die Dauner Polizei hat einen neuen Mörder, nachdem sich herausgestellt hat, dass der erste, den sie im Visier hatten, unschuldig ist.*

»Wen?«

*Dich.*

»Du meinst, ich gerate in Verdacht?«, fragte Herbie gehetzt. »Ist es das, was du meinst?«

Julius säuberte seine Fingernägel und zog es vor, zu schweigen.

Auch Herbie verfiel in dumpfes Brüten. Wie immer entbehrten Julius' Worte nicht einer gewissen Logik. Wäre er doch nur in München geblieben! Dann müsste er jetzt nicht heimatlos in der Nacht umherirren und fürchten, verhaftet zu werden. Und außerdem müsste er sich nicht die Wahrheiten eines nicht existenten, aufgeblasenen Wichtigtuers anhören.

Als sie ungebremst nach Hillesheim hineinflogen, sagte Julius: *Mit deiner alles andere als angepassten Fahrweise wird dich ohnehin gleich jemand anhalten, dich pusten lassen, in dein Packpapierpaketchen hineingucken ...*

Herbie verlangsamte die Fahrt und drehte das Autoradio an, um sich abzulenken. Köbes' Filmmusik war dazu nicht geeignet. Vor allem nicht »Die Nacht der reitenden Leichen«.

Dann schon lieber RPR.

Es gab den Meldungen zufolge immer noch nichts Neues von dem dreisten Bilderraub in Daun.

Und in dem Moment, in dem er diese Meldung erneut vernahm, kam Herbie schlagartig die Idee, dass diese auf den ersten Blick voneinander ganz unabhängigen Ereignisse vielleicht doch irgendwie zusammenhängen könnten.

Als er nach Walsdorf hineinfuhr, bremste er das Fahrzeug ab. Es war das Beste, sich an die Polizei zu wenden, daran bestand gar kein Zweifel. Er fuhr an den Straßenrand, um nachzudenken.

Er hatte ja schließlich nichts verbrochen. Das Polizeisiegel an der Haustür hatte er nicht beschädigt, dank seiner Handschuhe hatte er keine Fingerabdrücke hinterlassen ...

*Genau. Eigentlich kann niemand feststellen, dass du drinnen warst. Also wieso die Polizei?*

»Tja, hm, wieso eigentlich die Polizei?« Herbie kaute an den Fingernägeln.

Dann trat er das Gaspedal durch und schoss wieder auf die Straße. Wenige Augenblicke später hatte er Walsdorf schon wieder hinter sich gelassen und fuhr immer tiefer in die Eifel hinein.

»Ein Fehler, Julius. Hoffentlich war das kein fataler Fehler.«

Er fuhr reichlich planlos eine Weile durch die Nacht und erreichte irgendwann die Kreisstadt Daun. Er vermied es, in den Ort hineinzufahren und bog linkerhand auf die Umgehungsstraße ab. Irgendwann wies ein Schild nach rechts zu den Maaren, und er bog erneut ab.

Julius ließ sich eine Weile lang nicht mehr vernehmen. Er ahnte vermutlich, dass es Herbie in all seiner Verzweiflung auf eine unerklärliche Art und Weise zum Holzmaar zog, zu der Stelle, an der diese verteufelte Geschichte ihren Anfang gehabt hatte.

Die kurvenreiche Strecke bis zur Weinfelder Kapelle hinauf wurde begleitet vom melodiösen Gequietsche der abgefahrenen Reifen des Kombis. Vorbei an der Kapelle am so genannten »Totenmaar«, vor der Herbie im Vorbeifahren durch die Bäume hindurch das Flackern zahlreicher Friedhofslämpchen wahrnahm, führte die Straße mit sanften Schwüngen über den Höhenrücken zwischen den Talkesseln der Maare. Bei Tag bot sich hier einer der herrlichsten Ausblicke, die die Eifel zu bieten hatte, aber in einer wolkenreichen Nacht wie dieser versanken die Wasserspiegel der Kraterseen in bodenloser Schwärze zu beiden Seiten der Straße.

Als sie die Altburg-Klinik passiert hatten, in der Uli in wenigen Stunden wieder ihren Dienst antreten würde, und dann wenig später die Autobahn überquert hatten, wussten sie, dass es nun nicht mehr weit war. Beinahe hätte Herbie die Abbiegung verpasst, die rechts durch den Wald zum Holzmaar führte, und wäre weiter geradeaus nach

Gillenfeld gefahren. Er bemerkte es im letzten Moment und riss das Steuer herum.

Als er den Wagen inmitten des aufwirbelnden, trockenen Lehms auf dem Parkplatz zum Stehen brachte, war Herbie wie von Sinnen.

Er stieß die Fahrertüre auf und sprang hinaus in die Nacht. Aufgebracht rannte er in der Kühle der Nacht ein paar Schritte hin und her und fluchte: »Ich hasse es! Oh, Mann, ich hasse es, in so etwas mit hineingezogen zu werden!«

*Darf ich dich daran erinnern, dass du selbst es warst, der unbedingt den Detektiv spielen wollte. Du könntest jetzt in deinem beschaulichen Heim in Bad Münstereifel vor dem Kaminfeuer sitzen und in deiner Briefmarkensammlung blättern, aber nein ...*

Herbie ließ sich rücklings gegen das Auto fallen und warf den Kopf in den Nacken.

»Ich wünschte, Nina wäre hier«, flüsterte er.

*Sie würde dir den Kopf waschen. Soweit ich sie kenne, würde sie jetzt sagen: Herbert Feldmann, du hast das angefangen, also bring das Ganze auch zu einem ordentlichen Ende.*

»Aber wie soll ich denn?« Herbie rieb sich erschöpft die Augen. »Wir haben zwei Morde. Eine junge Frau ist erschlagen worden, während sie im Wasser planschte. Kurz zuvor ist der alte Mann getötet worden, der gerade mit viel Kunstverstand und Talent dabei war, ihren Körper und das herrliche Gewässer auf Leinwand zu skizzieren.«

*Kurz zuvor?*

»Das vermute ich. Ansonsten würde das bedeuten, dass er zusah, wie Nati umgebracht wurde, und das ergäbe nun wirklich überhaupt keinen Sinn. Unterbrich mich jetzt bitte nicht. Weiter: Die Waffe wurde hier auf dem Parkplatz gefunden. Man darf also davon ausgehen, dass der Täter hier geparkt hat. Ist er also den beiden vielleicht ganz zufällig begegnet? Um sechs Uhr morgens? Nein. Also wusste er, dass sie hier waren und hat ihnen hier aufgelauert. Oder er ist ihnen sogar bis hierher gefolgt.« Herbie schloss die Fahrertür ab und ging langsam zum Maar hinüber.

Dabei blieb er brav für einen Augenblick am Rand der Fahrbahn stehen, die nordwärts zurück zur Straße von Daun nach Gillenfeld führte und südwärts auf die Straße nach Eckfeld und Manderscheid zustrebte.

Er guckte nach rechts und links und ging hinüber.

»Fahren wir fort: Da ist die junge Tote. Sie stand dem Maler nackt Modell. Immer wieder. In Posen, die man als wenig sachverständiger Mensch möglicherweise als obszön bezeichnen würde.«

*Wenn das, was wir vorhin gesehen haben, nicht obszön war, dann war Beate Uhse eine prüde Betschwester.*

»Unterbrich mich bitte nicht. Ihr zur Seite stand ... oder lag ... häufig die gelbe Anja, der wir uns noch widmen müssen. Nati war nicht besonders hübsch und arbeitete als Putzkraft in der Suchtklinik. Dort lief nun auch immer wieder unser Freund Köbes auf ...«

*Dein Freund Köbes, wenn ich bitten darf!*

»... und das ist die einzige Verbindung von Köbes zu den beiden. Der ist aber ja sowieso so gut wie raus aus der Sache. Weiter: Der Tote hatte eine Exfrau und hinterlässt eine aktuelle Witwe. Ehefrau eins erzählt uns, sie habe schon lange keinen Kontakt mehr zu ihrem Exmann gehabt und sei hier, weil sie von seinem Tod gehört habe. Außerdem beschuldigt sie – völlig unbelegt – Ehefrau Numero zwei des Mordes. Ehefrau Numero zwei ist echte Tiefkühlkost. Zutrauen würde ich ihr alles, aber es gibt keinen einzigen Hinweis auf sie als Täterin.«

Sie hatten den Uferweg erreicht, und Herbie ging langsam auf den kleinen Steg, der zwischen dem Gesträuch des

Uferbewuchses ein paar Meter in das Maar hineinreichte. Seine Schritte auf dem Holz hallten hohl und dumpf über den See. Die einsame nächtliche Szenerie, das Gluckern, das dann und wann zu vernehmen war, die fernen Käuzchenrufe, all das hätte jedem halbwegs normalen Menschen das Blut in den Adern gefrieren lassen, aber Herbie war so in seine Überlegungen vertieft, dass ihn das schaurige Szenario völlig kalt ließ.

»Im Haus des toten Malers finden wir Unterschriftenproben. Und wir finden eine Leiche. Haben diese Signaturen irgendwas mit dem Gemälderaub von heute Morgen zu tun? Schwer zu sagen. Auf jeden Fall deuten sie darauf hin, dass Meister Delamot nicht nur die schönen Künste gepflegt hat, sondern auch ... na, sagen wir mal ... Versuche mit anderer Leute Unterschriften anstellte. Habe ich das gut ausgedrückt?« Er sah sich um. In der Schwärze, die ihn umgab, hätte er Julius fast nicht gesehen.

»Du könntest ruhig ab und zu getrost einen Laut von dir geben, Julius. Also, dann ist da die dritte Leiche. Ein guter Schnitt für die paar Tage. Was mich nicht unbedingt froh macht, zumal ich ja derjenige war, der ihn entdecken musste. Was machte der da im Haus? Sein Ausweis war ausgestellt auf Hubert Wallraff. Wer zum Teufel ist dieser Hu ...«

Er hielt das hölzerne Geländer des Stegs umklammert und starrte mit weit aufgerissenen Augen in die Dunkelheit. Er verharrte in dieser Pose einige Sekunden lang.

*Hast du ein Vision?*

Herbie drehte sich langsam zu Julius um und grinste ihn an.

*Mein Gott, ich dachte schon, du seist in Trance verfallen, und plötzlich würde grün phosphoreszierendes Ektoplasma durch die Gegend wabern, und du hättest ein Ferngespräch mit Nati, Hermann und Hubert.*

»Hubert! Genau! Frau Delamot hat mir sein Foto gezeigt.«

*Ein Foto von dem dicken Kellertreppentoten?*

»Genau. Das Foto von ihr und ihrem Mann. Der Dritte im Bunde war der Tote. Ich bin mir ganz sicher!«

Er eilte durch die Nacht zurück zum Auto, nicht ohne an der nächtlich verwaisten Straße wieder artig nach dem Verkehr zu schauen, wie man es ihm beigebracht hatte.

Als er wieder auf dem Fahrersitz Platz nahm, holte er den Briefumschlag hervor, den er zwischenzeitlich wieder in dem Paket verstaut hatte, in dem er ihn vorgefunden hatte.« Erneut versuchte er, etwas über den Inhalt zu erfahren, indem er das Fernlicht einschaltete, ausstieg und den Brief davor hielt. Das einzige Resultat dieses Versuchs war, dass er anschließend für etwa eine Viertelstunde fast völlig erblindet war.

*Reiß ihn auf und sieh nach, was drinsteht. Sei nicht so zimperlich. Du bist doch der große Aufreißer, hihi!*

»Die Ehre, Julius, die Ehre! Kein Begriff aus deinem Wortschatz.« Er ließ sich wieder ins Auto sinken und rieb die schmerzenden Augen. Obwohl er sie geschlossen hielt, hatte er die ganze Zeit inmitten eines grellen Farbenmeers die schwarze Silhouette des Umschlags vor sich. »Frau Delamot wird es uns selber sagen. Ich werde ihr den Brief morgen mitsamt ihrem Gemälde überreichen, und ich werde nicht von ihr weichen, bis sie uns erzählt hat, was drinsteht. Sie wird es uns erzählen müssen, schließlich hat sie uns belogen. Sie hatte diesen Zeilen nach zu urteilen sehr wohl noch Kontakt zu ihrem Exmann. Und schließlich kannte sie den Toten, diesen Wallraff.«

*Und schließlich haben wir sie nackt gesehen.*

Herbie ließ sich tiefer in seinen Sitz sinken. »Julius, mir ist kalt und ich bin müde.« In diesem Augenblick meldete sich sein Magen mit verhaltenem Donnergrollen. »Und Hunger habe ich auch!«

*Das hört sich an wie die Standardmaulereien eines kleinen Bübchens auf dem Rücksitz. Ich muss mal Pipi ... ist es noch weeeeiiit?*

Als Herbie in der Seitentasche der Fahrertür nach dem letzten Schokoriegel seiner Tankstellenration vom Morgen suchte, fiel ihm eine von Köbes' unvermeidlichen Filmmusik-Kassetten in die Finger. »Love Story«, las er leise. Er schob sie in den Kassettenrekorder und ließ sie laufen.

Wenige Minuten später schickte Francis Lai seine tief traurigen Klimpereien durch den Innenraum des Autos, und Herbie wurde plötzlich von einer schmerzlichen Sehnsucht nach der in München zurückgelassenen Nina erfasst. Er schloss die Augen, und noch ehe er den Schokoriegel ganz aufgegessen hatte, hatte ihn die Musik völlig eingelullt – er schlief ein.

# Sechzehntes Kapitel

Ein Elsternpärchen drehte laut rätschend seine Runden um das einsame, rote Auto auf dem kleinen Waldparkplatz.

Als Herbie das rechte Augenlid hob, um herauszufinden, wo er sich eigentlich befand, blendete ihn ein erster Sonnenstrahl, der sich über die Wipfel der umstehenden Bäume wagte.

Er schmatzte ein paarmal und entdeckte dann Julius, wie er sich neben dem Auto auf dem Parkplatz zu schaffen machte. Angewidert stellte er fest, dass Julius, umtanzt von den großen schwarzweißen Elstern, tatsächlich ein paar Kniebeugen vollführte.

Beim Versuch, den Kopf zu drehen, schoss ihm ein stechender Schmerz in den Nacken, und er stöhnte laut auf.

Das Auto war mit Tau bedeckt, die Vögel testeten allenthalben lautstark ihre Kehlen, und wenn er nicht den Hexenschuss aller Hexenschüsse gehabt hätte und nicht einen quälenden Hunger in der Magengegend verspürt hätte, dann hätte er diesem Idyll vermutlich durchaus etwas abgewinnen können.

So aber brachte er es mit viel Anstrengung gerade einmal zustande, die Autotür zu öffnen und sich, so schmerzfrei es eben ging, hinausgleiten zu lassen.

*Atme tief durch, mein Junge. Wie sagte der Leibarzt Fürst Bismarcks dereinst: Da ist jeder Atemzug einen Taler wert.*

»Bah.« Herbie versuchte, seinen Rücken durchzudrücken, doch die hinter ihm liegende Nacht hatte überall ihre Spuren hinterlassen. Er spürte Schmerzen in Muskeln, von denen er nicht einmal gewusst hatte, dass sie sich an seinem Körper befanden.

*Komm, ein paar Liegestütz haben noch keinem geschadet. Und dann machen wir eine schnelle Runde um den See.*

»Lass mich in Ruhe.« Herbie tapste kraftlos um das Auto und hustete sich den Hals frei.

*Schau dich um. Du bist allein mit Mutter Natur, die faltenfrei und schön aus dem Schlaf erwacht ist.*

»Irrtum, da ist noch etwas, was das Bild stört. Nämlich du.« An der Hinweistafel stellte sich Herbie breitbeinig in Positur und entleerte erst einmal seine Blase.

Dann kam er zum Auto zurück und murmelte: »Da muss doch irgendwo noch ein Bissen von diesem Schokoriegel sein.« Er suchte um den Fahrersitz herum, wobei er sich bemühte, den Kopf nicht zu sehr nach rechts oder links zu verdrehen.

*Das meiste davon hast du auf deinem Poloshirt.*

Tatsächlich hatte sich die locker-leichte Milchschokolade während der Nacht in die Falten seines gelben Shirts geschmiegt.

Herbie machte ein paar unbeholfene Versuche, mit einem Fliegenschwamm das Malheur zu beseitigen, gab dann aber mutlos auf, als er feststellte, dass er damit alles nur noch schlimmer machte.

Schließlich stieg er wieder in das Auto und murmelte übellaunig: »Ich hätte nie gedacht, dass ich mich einmal nach dieser ollen Gartenliege sehnen könnte.« Dann drehte er den Schlüssel im Zündschloss, aber nichts rührte sich.

»Oh, nein«, hauchte er.

*Oh, doch. Du hast so süß geschlummert, als die Musik spielte. Die Scheinwerfer haben dir ein wenig die finstere Nacht erhellt. Es war so ein friedvolles Bild. Du bist nur einmal kurz aufgeschreckt, als die Kassettenseite das erste Mal gewechselt wurde. Auf der anderen Seite war »Psycho«. Aber dann war wieder Friede. Ich bin nur froh, dass du diese dumme Angewohnheit mit dem Daumen abgelegt hast.*

»Verdammter Mist!« Herbie schlug verzweifelt auf das Lenkrad und rupfte unmotiviert an dem braunen Packpapier auf dem Beifahrersitz herum. »Das haben wir alles nur Ihnen zu verdanken, Frau Delamot!« Wie zur Antwort wurde die linke Brust der rothaarigen Schönheit entblößt. Herbie beeilte sich, sie wieder zu bedecken.

*Schieb es nicht immer auf andere.* Julius hatte bereits wieder auf dem Rücksitz Platz genommen.

»Und jetzt?«, fragte Herbie entgeistert. »Was soll ich denn jetzt, bitteschön, machen?«

*Wir warten einfach, bis die ersten Touristen aus Köln kommen und dich anschieben. Oder Holländer! Mit denen kannst du dann direkt an ihrem Campingtischlein Platz nehmen und frühstücken. Oder warte, bis die Polizei kommt. Die wird froh sein, schon wieder das rote Auto hier stehen zu sehen.*

Langsam drehte sich Herbie zu ihm um. Seine Augen hatten sich geweitet, und er starrte seinen Begleiter staunend an. »Du kannst manchmal ganz kluge Sache sagen.«

Nun war es an Julius, entgeistert zu gucken. *Du wirst doch nicht wirklich hier warten wollen?*

»Nein, nein!« Herbie fuhr herum und griff sich mit einem Aufschrei an den Nacken. Dann zog er den Schlüssel ab, stieß wieder die Tür auf und sprang ins Freie. »Jetzt werden wir die Sache mal etwas beschleunigen. Kommt mit, wir haben heute viel vor«, rief er, während er abschloss und sich in Marsch setzte.

*Darf ich wissen, was? Oder ist es eine große Überraschung?*

»Wir haben ein paar Gespräche zu führen. Und irgendwie sollten wir der Polizei noch die Information zukommen lassen, dass in Mirbach eine neue Leiche auf sie wartet. Ich überlege nur noch, wie wir das anstellen, ohne denen zu verraten, dass ausgerechnet wir die beiden sind, die darüber gestolpert sind.«

* * *

Sie stiefelten voller Elan die Straße durch den Wald. Der Schwung ließ bei Herbie allerdings nach einer halben Stunde deutlich nach. Das verpackte Gemälde wechselte immer häufiger von der rechten in die linke Hand.

Herbies Ziel war die Klinik in der Altburg. Angesichts der Tatsache, dass es bereits zehn Uhr war, hoffte er, dass Ulrike ihren Dienst schon angetreten habe. Wenn nicht, konnte er dort zumindest das Telefon benutzen und sich ein Taxi besorgen.

Als sie an der Toreinfahrt ankamen, war Herbie erschöpft, und seine Oberbekleidung wies neben den Schokoladenspuren jetzt auch monumentale Schweißringe auf. Julius hingegen sah aus wie frisch gebügelt, lief die letzten paar Meter im Schnellschritt, tippte gegen den Torpfosten und rief: *Erster!*

Die Altburg lag auf einer Anhöhe unweit der Straße, inmitten des Waldes. Das Haupttor stand weit offen, und Herbie schritt zaghaft auf das schmucke Gebäude mit den kleinen Spitztürmchen zu. Von Ulrike wusste er nur, dass hier junge Drogenabhängige von ihrer Sucht befreit werden sollten. Die Tatsache, dass Köbes hier am Haupteingang sturztrunken herumrandaliert haben sollte, musste für Ulrike besonders beschämend gewesen sein.

Er hatte gerade die ersten beiden Stufen der Haupteingangstreppe erklommen, als die große hölzerne Tür aufgerissen wurde und Ulrike auf dem Absatz erschien. Offensichtlich hatte sie ihn bereits kommen sehen.

»Die Klinik ist tabu. Das hatten wir doch so ausgemacht, oder?«

»Mein Auto ... das Auto deines Mannes hat den Geist aufgegeben. Ich brauche deins. Nur für ein paar Stündchen, bitte.«

»Wie bist du hergekommen?«

»Zu Fuß. Es steht am Holzmaar.«

Ulrike machte eine kraftlose Handbewegung. »Hat mich gewundert, dass es überhaupt bis heute gefahren ist. Warte hier und rühr dich bitte nicht vom Fleck. Ich hole den Schlüssel.« Sie machte kehrt und verschwand für ein paar Minuten.

Herbie betrachtete die Fassade mit Skepsis. Er selbst hatte vor vielen Jahren einige Zeit in einem Klinikum verbracht, in dem man versucht hatte, seine Psyche wieder gerade zu biegen.

*Und bei dieser Gelegenheit hast du dann Bekanntschaft mit mir gemacht. Denkst du gerne daran zurück?*

»Kann man nicht gerade sagen«, knurrte Herbie. Die Erinnerung an seine Tage in Düren hatte er weitgehend verdrängt. Die Altburg war offensichtlich etwas ganz anderes. Kein anonymer Betonkasten, sondern ein Platz des Friedens und der Erholung.

An einem Fenster im Erdgeschoss wurde eine Gardine bewegt. Man ließ ihn anscheinend nicht unbeobachtet.

Als Ulrike wieder zurückkehrte, nestelte sie an ihrem Schlüsselbund herum und löste den Autoschlüssel von den anderen.

»Du siehst schlecht aus, Uli«, sagte Herbie, als sie ihm den Schlüssel in die Hand drückte. Tatsächlich hatte die Feier am Vorabend deutliche Spuren hinterlassen. Sie sah müde und verquollen aus. »Habt ihr noch lange gefeiert? Ich nehme an, zum Spaß hat der Junggesellenverein noch schnell das gesamte Haus abgetragen und drei Straßen weiter wieder aufgebaut.«

»Ach, hör auf. Es war eine Katastrophe.« Sie schluckte, und Herbie spürte, dass ihr etwas auf der Seele lag. »Wolfi war so komisch. So habe ich ihn noch nie erlebt. Der hat nur gesoffen und gepöbelt.« Sie begann zu schniefen und putzte sich die Nase. »Und jedem Weiberarsch hat er hinterhergeglotzt. Mann, war das widerlich.«

Herbie legte ihr tröstend die Hand auf die Schulter. »Habt ihr Stress deswegen?«

»Ach, weißt du, ich gerate einfach immer an die Falschen. Mit Wolfi, das war so toll. Ich weiß noch gar nicht, wie ich ihm begegnen soll, wenn er heute Nachmittag zum Dienst kommt. *Wenn* er kommt. So einer wie du, das wäre der Richtige. Könnte ich mich doch einmal in so was wie dich verlieben.«

*Wenn ich da auch ein Wörtchen mitreden dürfte ...*

»Vergiss diesen Wolfi. Das ist doch 'ne richtige Arschnase.«

»Hinterher hat er den alten Polizisten angemacht. Es ging um den jungen Kollegen. Du weißt doch, die beiden, die uns das Auto ausgehändigt haben. Wolfi hat über die Nati hergezogen und gesagt, sie hätte mit allen Typen rumgemacht. Und auch mit diesem Jörg Luxen.«

Herbie runzelte die Stirn.

»Ich sag dir nur eins: Vergiss den Kerl. Der hat dich gar nicht verdient.« Er gab Ulrike einen flüchtigen Kuss auf die Wange und stieg die Treppe hinunter.

»Pass auf mein Auto auf.«

»Ich muss schnell nach Daun, was erledigen, bevor mir da was durch die Lappen geht. Danach fahre ich zum Holzmaar und überbrücke. Im Kombi liegt ein Kabel im Kofferraum.

Wenn ich ein paar Kilometerchen damit gefahren bin, hat sich die Batterie sicher wieder erholt. Dann bringe ich dir deinen wieder zurück und spaziere wieder zum Holzmaar.«

Ulrike nickte. »Toi, toi, toi.« Bevor sie ins Haus zurückging, warf sie noch einen fragenden Blick auf das Paket unter seinem Arm und sagte: »Du machst doch nichts Unvorsichtiges, oder?«

»Ich? I wo!« Er lachte aufgesetzt. »Wie würde ich denn ...?«

*Herr Feldmann spielt den Einbrecher und Leichensammler. Und nebenbei verführt er alte Ladies und stiehlt Gemälde.*

Vom Fuße der Treppe winkte er Uli noch einmal mit dem Schlüssel zu. »Dauert nicht lange, dann bring ich ihn wieder!«

Ulrikes Twingo stand auf dem Personalparkplatz. Herbie schwang sich voller Energie hinein und brauste mit dem kleinen Fahrzeug in Richtung Daun. Er hatte es mit einem Mal sehr eilig.

»Vielleicht erwischen wir sie noch beim Frühstück«, erklärte er, als sich der Wagen den Berg zum »Panorama« hinaufquälte.

*Du tust ja geradezu so, als würde sie versuchen, sich ins Ausland abzusetzen.*

»Wer sagt uns, dass sie nicht genau das vorhat? Wenn sie auch noch hinter dem Tod von diesem Herrn Wallraff steckt, müsste sie sich doch langsam auf die Socken machen, oder?«

*Na, sicher. Wahrscheinlich springt sie gerade hinter dem Hotel in den Helikopter, der sie nach Paraguay fliegen soll.*

Herbie schoss mit dem Twingo in eine Minimalparklücke zwischen zwei Daimlern und schaffte es nur mit Mühe, sich aus der Tür zu quetschen.

Den Briefumschlag hielt er in der Hand, aber das Bild ließ er vorerst im Auto liegen. Julius fand, dass dies etwas von einer Geiselnahme an sich hatte.

An der Rezeption bedachte man den zerzausten jungen Mann mit der schmuddeligen Oberbekleidung mit ausgesprochen skeptischen Blicken.

»Guten Morgen«, sagte er betont höflich, weil er sich völlig im Klaren über sein unsolides Erscheinungsbild war. »Könnte ich wohl mit Frau Delamot sprechen? Sie ist Gast bei Ihnen.«

Die junge Dame an der Rezeption blickte ihn betrübt an. »Oh, ich fürchte, da kann ich Ihnen nicht helfen. Frau Delamot ist leider nicht mehr bei uns im Hause.«

Herbie klatschte mit der flachen Hand auf den Tresen der Rezeption und fluchte laut. »Ich hab's gewusst! Verdammt, ich hab's geahnt!«

»Sie ist seit etwa einer Stunde weg«, erklärte die junge Dame zerknirscht. »Es hat einen ... Unfall mit ihren Medikamenten gegeben, soweit ich weiß. Sie ist ins Maria-Hilf-Krankenhaus eingeliefert worden.«

## Siebzehntes Kapitel

Während er nach Hillesheim weiterfuhr, war Herbie ernst und schweigsam. Diese unerwartete Wendung warf alles über den Haufen. Frau Delamot war keine kaltblütige Mörderin, die drei Menschen auf dem Gewissen hatte. Das war ein Faktum, an dem er nun einmal nicht vorbeikam. Die Tatsache, dass alle drei Opfer brutaler körperlicher Gewalt zum Opfer gefallen waren, sprach eindeutig gegen sie als Täterin. Und die Neuigkeit, dass sie nun offensichtlich versucht hatte, sich das Leben zu nehmen, verwirrte ihn sehr.

Er hatte unverzüglich im Krankenhaus nach ihr gefragt, aber dort konnte man ihm nichts Genaues sagen. Die einzige Auskunft, die er erhielt, war, dass sie sich nicht in Lebensgefahr befand, und dass man ihr vor einer halben Stunde den Magen ausgepumpt hatte. Am Nachmittag, so sagte man, könne er noch einmal versuchen, ihr einen Besuch abzustatten.

Er beschloss, die Reaktivierung von Köbes' Auto noch ein wenig aufzuschieben, da Ulrike ihr Auto ohnehin erst zum Feierabend benötigte.

*Ich gehe davon aus, dass du im Begriff bist, diese dottergelbe Etikettenkleberin aufzusuchen, stimmt's?*

»Stimmt genau«, sagte Herbie grimmig. »Ich habe mittlerweile eine gesunde Wut aufgestaut, und die muss ich ja wohl langsam irgendwo loswerden.«

*Wut? Was hat unser Bübchen denn so zornig gemacht?*

»Die Tatsache, dass alle Welt mir Lügen und Halbwahrheiten auftischt.« Herbie rupfte verärgert mit der Rechten die Skizze aus Hermann Delamots frivoler Phase aus der Hosentasche, sodass das Auto leicht ins Schlingern geriet.

Die Zeichnung hatte mittlerweile arg gelitten, und die zurückliegende Nacht und die unsachgemäße Lagerung hatten ihren künstlerischen und materiellen Wert nicht eben gesteigert. »Das werde ich diesem Mädchen jetzt gleich unter die Nase halten, und dann soll sie mir endlich erzählen, was wirklich abgelaufen ist zwischen Delamot, Nati und ihr.«

*Hoffentlich kommst du hier nicht auch zu spät.*

»Was willst du damit sagen?«

*Nun, ganz einfach, mein Teuerster. Nur eine Theorie: Alle haben sich abgesprochen. Eine Verschwörung gegen Herbie Feldmann. Zuerst lügen sie dir alle die Hucke voll, und dann machen sich alle aus dem Staub.*

Aber Anja war da. Sie sortierte Tütensuppen und kaute gelangweilt einen Kaugummi. Ihr grellgelbes Haar leuchtete schon von weitem, und sie wippte gut gelaunt im Takt eines alten Discohits aus der Lautsprecheranlage.

Als sie Herbie herannahen sah, verdrehte sie die Augen, und als er schließlich vor ihr stand, sagte sie gereizt: »Mann, du gehst mir vielleicht auf den Senkel, Typ.«

Aber Herbie blieb freundlich. Er zeigte ihr sein strahlendstes Lächeln und sagte: »Schade. Dann ist die Wiedersehensfreude wohl einseitig?«

»Verpiss dich, Mann, sonst sag ich der Geschäftsführung Bescheid, dass du mich hier dauernd anbaggerst.«

»Habt ihr hier ein ›Schwarzes Brett‹? So eine Infotafel oder so was?«

»Ja, vorne, an der Leergutannahme ist so ein Zettelboard. Wieso?«

Er entfaltete genüsslich die Zeichnung und hielt sie mit spitzen Fingern in die Höhe. »Wenn du mich fragst, ist das hier richtig gut getroffen. Ich halte das sogar für so gelungen, dass ich es gerne einer breiteren Öffentlichkeit zugänglich machen möchte. Was hältst du davon?«

Anja errötete. Damit hatte Herbie nicht ernsthaft gerechnet. Sie schickte hektische Blicke nach rechts und links und zischte: »Steck den Scheißdreck weg, Mann.«

»Wie bitte? Gefällt es dir etwa nicht?« Herbie sah sie verblüfft an und drehte das Kunstwerk umständlich herum. »Das bist doch du, wie du leibst und lebst. Wie du leibst vor allen Dingen.«

Julius kicherte vom Maggiregal herüber und zeigte den hoch gestreckten Daumen. *Gratuliere, mein Bester! Drei Punkte für dieses gelungene Wortspiel.*

Anja versuchte, Herbie das Bild zu entreißen, aber er verbarg es mit einer schnellen Bewegung hinter seinem Rücken. Aus der Ferne hätte man sie für ein neckisches Geschwisterpaar halten können.

»Jetzt hör mir mal gut zu«, sagte Herbie schließlich drohend. »Jeder Spaß hat mal ein Ende. Von diesen Skizzen gibt es noch eine ganze Menge. Eine schöner als die andere. Du kennst die ja. Entweder du erzählst mir jetzt etwas über Nati und Delamot, oder ich lasse die Polizei wissen, dass du das bist, die sich da von ihrer Schokoladenseite zeigt, klar?«

In diesem Augenblick tippte ihm jemand auf die Schulter. Herbie fuhr herum. Vor ihm stand ein kräftiger Bursche in weißem Kittel. Jemand, der aussah, als könne er durchaus einen Spaß verstehen, der aber auch so aussah, als könne er gut mit zwei Fingern neue Gurkengläser öffnen. »Gibt es hier irgendwelche Probleme?«, fragte er mit skeptisch zusammengekniffenen Augenbrauen.

Herbie warf lachend die Hände in die Höhe, wobei er Acht darauf gab, dass der Mann nichts von der Zeichnung zu

Gesicht bekam. »Alles bestens. Wo steht denn hier bei Ihnen das Waschpulver?«

Nachdem der Mann ihm mit verhaltener Freundlichkeit den Weg gewiesen hatte, raunte Herbie Anja zu: »In deiner Pause in der Pommesbude auf der anderen Straßenseite.«

Auf Schritt und Tritt verfolgt von den gestrengen Blicken des Verkäufers, kaufte er schließlich ein Paket Waschpulver, bezahlte und verließ den Supermarkt.

In der Imbissbude postierte er sich an einem Stehtisch, so dass er nach draußen blicken konnte, trank einen Kaffee nach dem anderen und trat ungeduldig von einem Fuß auf den anderen.

*Gut, dass du jetzt endlich Waschpulver hast. Dein gelbes Shirt wird es dir danken. Jetzt brauchst du nur noch die Maschine dazu. Ist das überhaupt für Buntwäsche geeignet?*

Anja kam nach etwa vierzig Minuten, gerade in dem Augenblick, in dem Herbie zum siebenunddreißigsten Mal auf die Uhr geblickt und begonnen hatte, sich Sorgen zu machen.

Er ließ sie nicht aus den Augen, bis sie durch die Tür in den Vorbau der Imbissbude eintrat.

Sie wirkte verstört und angespannt, als sie sich zu ihm an den Stehtisch gesellte. »Du machst doch jetzt keinen Scheiß mit den Bullen, oder? Ich meine, ich hab doch nichts mit dem ganzen Mist zu tun, der da abgelaufen ist.«

Herbie beschwichtigte sie: »Jetzt beruhige dich erst mal. Kaffee?«

Sie nickte. Als er mit zwei Bechern Kaffee an den Tisch zurückkehrte, zupfte sie nervös an einer ihrer gelben Haarsträhnen herum.

Sie sprachen leise miteinander. Das Radio dudelte, und alle paar Minuten kamen Leute herein und wünschten lautstark »Mahlzeit«. Sie konnten reden, ohne dass jemand mitbekam, worum es bei ihrem Gespräch ging.

»Angefangen hat das irgendwann im vorigen Jahr, als die Nati mir von diesem Maler erzählte. Vom Hermann. Sie sagte: ›Das ist ein total cooler Opa, der richtig geil malen kann, und der drückt auch richtig Asche ab, wenn man ihm ein bisschen den Arsch hinhält.‹ Entschuldige, aber genau so hat sie's gesagt.«

Herbie nickte interessiert und forderte sie auf, fortzufahren.

»Ich hab natürlich direkt gefragt, ob das denn mit Anfassen ist und so. Ich kannte doch die Nati. Verstehst du, was ich meine? Die war kein Kind von Traurigkeit. Ich glaube, die war damals in der Schule die Allererste, die's mit 'nem Typen richtig gemacht hat. Egal. Also, sie sagte dann zu mir: ›Nee, keine Panik, das ist nur Kunst. Der malt nur seine Bilder und lässt uns völlig in Ruhe.‹ Naja, und da hab ich gedacht, wenn der die Nati malt, dann hab ich ja wohl auch nix zu verbergen. Nix gegen die Nati, aber ein Bombenschuss war die ja nicht gerade. Darf man so was sagen, jetzt, wo sie tot ist?« Sie schlürfte ihren Kaffee und begann wieder mit ihrer Locke herumzuspielen.

»Und dann hast du auch Modell gestanden. Oft?«

»Zwei-, dreimal.« Und auf Herbies skeptischen Gesichtsausdruck hin bekräftigte sie das noch einmal. »Ehrlich! Wir waren in seinem Häuschen in Mirbach. Er wollte uns auch beide in freier Natur malen, aber da hab ich gesagt: ›Ohne mich. Nachher sieht uns einer.‹ Die Bude war ziemlich verkommen. Der lebte da ohne Frau.«

»Habt ihr gewusst, dass er verheiratet war?«

»Nee. Is mir neu. Ich hab nie 'ne Frau da gesehen.«

»Habt ihr sonst wen da gesehen?«

»Nö. Eigentlich nicht. Nee, halt mal, da war irgendwann so'n Typ, der Bilder abgeholt hat. Bilder von anderen Malern, die dieser Hermann überarbeitet hat, oder so. Restauriert wird er sie haben. Ich versteh da ja nix von.«

»Ein Dicker? Hieß der vielleicht Wallraff?«

»Oh, ja. Dick war der. Richtig fett. Wallraff? Kann ich mich nicht dran erinnern. Bert hieß der, glaube ich. Ja, Bert. Warte: Bert Pfeiffer? Nee, Pfeiffer war so ein anderer Name, der zwischen den beiden ein paar Mal fiel. Ich weiß noch, dass Nati so ein blödes Witzchen machte. Sie saß da halbnackt und sagte: ›Pfeiffer hin, Pfeiffer her, mir ist kalt. Jetzt ist Schluss mit Pfeiffer, sonst pfeif ich dir was, Hermann.‹ Und dieser Dicke hat ganz dreckig gelacht. Ich pfeif dir was, Hermann ... Verstehste?«

Herbie setzte ein dummes Gesicht auf. »Pfeifen?«

»Ja, genau. Pfeifen ... Pusten ... Ach, egal, vergiss es.«

Julius verbarg sein Gesicht hinter den Händen. *Junge, Junge, du hältst sicher eine ›Zote‹ für eine bedrohte Pelztierart, stimmt's?*

»Da fällt mir übrigens ein, dass ich dieses Bild, das gestern in Daun geklaut worden ist, irgendwann auch bei Hermann gesehen habe. Als Fotografie. In Farbe. Etwa so groß.« Sie hielt die ausgestreckten Zeigefinger zwei Handbreit auseinander. »Das war damals, als dieser Dicke da war. Sie haben sich über dieses Gemälde unterhalten. Da ist Hillesheim drauf. Ich bin mir ganz sicher.«

»Hillesheim? Das Bild von Fritz von Wille?«

»Wem das gehört, weiß ich nicht. Ich hab's nur wiedererkannt, als sie's gestern im Fernsehen gezeigt haben. Glaubst du, der Mord hat was damit zu tun?«

Herbie zuckte mit den Schultern. »Keine Ahnung. Schon möglich. Und Hermann und dieser Dicke haben darüber gesprochen? Bist du dir sicher?«

Sie nickte. »Ich seh sie noch, wie sie da stehen, bei Hermann am Zeichentisch. Und dieser Fettwanst konnte sich gar nicht konzentrieren, weil er immer wieder zu Nati hingestarrt hat, weil die ja schon halb ausgezogen war.«

Die Tatsache, dass das gestohlene Gemälde ins Spiel kam, traf Herbie nicht unvorbereitet, da auch er schon eine Ahnung gehabt hatte, dass es da möglicherweise einen Zusammenhang gab. Er spürte, wie sich in seinem Kopf wieder das leiernde Fragenkarussell in Bewegung setzte. Wie hing alles zusammen? Was hatten die Hauptdarsteller in dieser Geschichte miteinander zu tun? Er zwang sich, ganz ruhig zu bleiben und systematisch vorzugehen.

»Wie hat die Nati den Hermann denn eigentlich kennen gelernt?«

»Ich glaube, er hat sie irgendwo am Maar getroffen. Beim Nacktbaden wird er sie beobachtet haben. Vorigen Sommer muss das gewesen sein.« Sie seufzte tief. »Die Nati war eigentlich total okay. Man konnte jede Menge Spaß mit ihr haben. Sie hatte nur 'ne echte Macke mit Männern. Ständig hatte sie irgendwas mit irgendwem. Wenn jetzt erzählt wird, dass sie eine war, die ganz schnell zu haben war, dann ist das gar nicht so verkehrt. Wie gesagt, mit meinem Ex hat sie's ja ebenfalls probiert. Der war in der Kaserne in Daun. Jetzt ist er wieder in Stuttgart. Blöder Typ eigentlich. Naja, weg mit Schaden.« Sie machte eine wegwerfende Handbewegung.

»Wusstest du, dass die Nati ein Kind erwartete?«

Man konnte Anja deutlich ansehen, wie sehr sie diese Neuigkeit überraschte. Sie ließ ihre Locke los und beugte sich mit weit aufgerissenen Augen zu Herbie hinüber. »Scheiße, ist das echt wahr?«

Er nickte ernst.

»Verdammte Hacke, von wem kann das denn nur gewesen sein? Also von dem ollen Hermann mit Sicherheit nicht. Da hat sich ja nix mehr gerührt. Das hat sie mir mal erzählt. Ich glaube wirklich, der hat sie nie angepackt. Der war nur geil aufs Malen. Aber wer denn sonst?«

Sie starrte gedankenverloren durch die Plexiglasscheiben nach draußen. »Ich kann mich daran erinnern, dass sie mir gesagt hat, dass sie sich Kinder wünscht. Ich glaube, das war ihr richtig ernst. Sie war richtig krass kinderlieb. Dafür hätte sie bestimmt alles getan.«

»In ihrem Alter?«

Anja zog die Stirn kraus. »Naja, vielleicht wollte sie nicht schon unbedingt jetzt eins, aber ich glaube, wo sie schon mal schwanger war, hätte sie's bestimmt nicht wegmachen lassen.«

»Hat sie denn immer verhütet, wenn sie ...«

Anja lachte laut auf.

Ein paar Lastwagenfahrer, die über ihre Portion Pommes gebeugt am Nebentisch standen, drehten sich interessiert um, und Anja fuhr flüsternd fort: »Als Nächstes soll ich dir wahrscheinlich noch erzählen, wie sie's am liebsten gemacht hat, was? Woher soll ich das denn, bitteschön, wissen, Mann?«

Julius' Gesicht tauchte über Anjas Schulter auf. *Ich finde, du solltest deine Junggesellenphantasien zügeln und dieses zarte junge Ding nicht in Verlegenheit bringen.*

»Du hast Recht. Entschuldige.«

Sie sah auf die Uhr und schrak zusammen. »Scheiße! Ich komme zu spät.« Als sie ihr Portemonnaie hervorholen wollte, sagte Herbie: »Lass nur. Ich mach das schon. Danke für deine Offenheit. Das hat mir, glaube ich, weitergeholfen.«

»Das Bild«, sagte sie bittend, als sie schon den Türgriff in der Hand hatte.

Herbie sah sie fragend an. »Welches Bild?«

»Komm, mach keinen Scheiß. Die Zeichnung von vorhin. Kann ich die bitte haben? Du kannst damit doch sowieso nichts anfangen.«

»Natürlich.« Herbie begriff und holte sie hervor. Sie klaubte es ihm mit einem raschen Griff aus der Hand und verabschiedete sich mit einem undeutlichen »Mach's gut«.

Als Herbie und Julius ihr durch das Fenster hindurch hinterher blickten, wurden sie Zeugen, wie sie das gelbliche Stück Papier zu einer unförmigen Wurst zerkrumpelte, ein Feuerzeug aus der Tasche ihrer engen Jeans hervorholte und die Flamme daran hielt. Das zerknautschte Blatt zertanzte zu schwarzen Flocken und wurde davon geweht.

Dann drehte sie sich noch einmal um und setzte ein freches Grinsen auf.

Sie folgten ihr mit ihren Blicken, bis ihr gelbes Haar auf dem Parkplatz des Supermarkts verschwunden war.

*In dieser Geschichte sind eindeutig zu viele Frauen drin für dich, mein Teuerster. Die ganze Palette, von hart bis zart. Und die ganze Nation fragt sich nun: Wer wird sein Herzblatt?*

# Achtzehntes Kapitel

Es hatte mit einem Mal sehr heftig zu regnen begonnen, als Deborah Delamot auf das Haus in Mirbach zutrippelte. Sie sprang mit gezierten Schrittchen über den holprigen Weg, der zum Haus führte, um nicht in eine der rasch entstehenden Schlammpfützen zu treten.

Im Nu war ihre Kleidung völlig durchnässt, und sie musste sich fortwährend die nassen Strähnen aus dem Gesicht wischen, während sie versuchte, das Polizeisiegel an der Tür mit einem ihrer langen, rot lackierten Fingernägel zu durchtrennen. Schließlich gelang es ihr, aber der Fingernagel brach dabei ab, und sie schickte einen ganz und gar undamenhaften Fluch durch die regenschwere Luft.

Als sie schließlich die Haustür geöffnet hatte, beschlich sie augenblicklich ein unbestimmtes Gefühl des Ekels. Sie starrte angewidert in die zwielichtige Höhle des Hausflurs und dachte daran, dass sie nun im Begriff war, eine fremde Welt zu betreten. Die Welt, in der ihr Ehemann gelebt hatte.

Seit Jahren war sie nicht mehr hier gewesen und hatte jeden Gedanken an Hermann, der sich manchmal tage- und wochenlang hier verkrochen hatte, beiseite geschoben.

Der Geruch, der ihr entgegenschlug, die mulmigen Farbtöne, in denen hier alles angestrichen war, die Wollmäuse auf dem alten Flurboden mit den kleinen bunten Kacheln, all das hätte sie beinahe bewogen, wieder umzukehren.

Aber nun war sie schon einmal hier eingedrungen und hatte sich über das Gesetz hinweggesetzt. Wer sollte sie auch daran hindern können? Dies war jetzt ihr Besitz. Sie konnte mit diesem alten Kasten und allem, was darin war, tun und lassen, was sie wollte, niemand würde sie daran hindern können.

Es gab etwas ganz Bestimmtes, das sie hierher trieb. Etwas, das sie unbedingt so rasch wie möglich erledigen musste.

Sie musste dieses vermaledeite Bild finden, hinter dem die alte Irre her war. Sie würde es ihr mit der Post zuschicken. Noch heute. Wenn ihr wirklich so viel daran lag, würde sie ihr eben diesen kleinen Gefallen tun.

Ach ja, und vorher würde sie es noch vorsichtig von dem Keilrahmen lösen und mit der Nagelschere in lauter kleine Schnipselchen schneiden. Es sollte ja schließlich bequem in einen Briefumschlag hineinpassen.

Als sie in den Flur trat, glitschte sie mit den schlammigen Ledersohlen ihrer zierlichen Schuhe auf den Fliesen aus und stieß dabei unsanft mit dem Kopf gegen die Haustür.

Zwischen den zusammengepressten Zähnen zischte sie eine üble Verwünschung hervor und stolperte weiter.

Der chemische Geruch von Terpentin und Firnis kroch schwer und scharf in ihre Lunge, und sie begann zu husten.

Als sie sich orientiert hatte und die erste Tür zur Linken öffnete, fand sie sich im Wohnzimmer wieder und betrachtete verstört das Szenario, das sich ihr bot. Aus der altfränkischen Wohnstube ihrer Schwägerin war eine regelrechte Höhle geworden. Es gab keinen Platz, an dem nicht Bilder gestapelt waren. Alles schien im Laufe der Zeit miteinander verwachsen zu sein. Der alte Teppich, die Bilder, die mottenzerfressenen Vorhänge ...

Innerlich triumphierte sie. All das würde verschwinden. Sie würde gleich nach der Abwicklung der Formalitäten all diese Bilder verkaufen. Für das ein oder andere würde sie sicherlich einen guten Preis erzielen, jetzt, wo Delamot tot war. Und mit dem ganzen restlichen Ramsch würde sie hinter dem Haus ein hübsches Feuerchen machen.

Sie musste wieder husten. Der Geruch raubte ihr den Atem. Als sie auf das Fenster zueilte, um es aufzureißen und frische Luft hereinzulassen, durchfuhr ein schriller Schmerz ihr linkes Bein. Ein hervorstehender Nagel an dem kleinen Tischchen, das Hermann neben der Staffelei als Ablage für seine Paletten gedient hatte, hatte die schwarze Strumpfhose zerrissen und ihr eine blutige Schramme verpasst. Wütend trat sie das kleine farbbeschmierte Möbelstück um und riss das Fenster auf.

Während sie die feuchte, kühle Luft einatmete, die hereinströmte, fühlte sie zum ersten Mal, dass in diesem Haus irgendetwas war, das sich gegen sie wehrte. Etwas, das sie einfach nicht hier haben wollte.

Deborah drehte sich langsam um, und ein diabolisches Grinsen stahl sich auf ihr Gesicht.

»Das könnte dir so passen, du verrückte alte Schachtel«, murmelte sie leise und drohend. »Von dir lass ich mich nicht verrückt machen.« Dann machte sie sich über den ersten Stoß Bilder her.

* * *

Ingrid Delamot drehte voller Scham den Kopf zur Seite, als sie Herbie erkannte. Ihre faltigen Hände fuhren unentwegt den Saum ihres Federbetts entlang. Draußen regnete es heftig. Ab und zu trieb eine Bö den Regen prasselnd gegen die Scheiben.

»Ich soll Sie nicht zu lange stören, meint der Arzt«, sagte Herbie so behutsam es eben ging.

»Ach was, Sie stören doch nicht«, erwiderte sie leise. Man hatte ihr das Gebiss aus dem Mund genommen, und unter ihre Worte mischten sich leise zischelnde Laute. »Sie sind so ein sympathischer junger Mann. Es tut mir so furchtbar Leid, dass ich Sie da mit hineingezogen habe.«

Herbie hatte eine Weile vor der Tür warten müssen, bevor er zu ihr gelassen worden war. Während dieser Zeit hatte er sich sehr genau überlegt, was er sagen würde. All sein Zorn wegen der Dinge, die sie ihm verschwiegen hatte, war längst verraucht. Jetzt, wo er an ihrem Krankenhausbett stand und betrachtete, was aus der bemerkenswert frischen alten Dame, die er am Vortag bei einem Maarspaziergang kennen gelernt hatte, innerhalb weniger Stunden geworden war, fehlten ihm einfach die Worte.

Sein Begleiter Julius, der noch vorhin auf dem Flur, um ihn aufzumuntern, allerlei alberne Dinge mit den Essenswagen angestellt hatte, stand stumm und in sich gekehrt am Fußende des Bettes und sah aus, als befinde er sich auf einem Staatsbegräbnis.

Frau Delamot befreite Herbie aus der bedrückenden Situation, indem sie sagte: »Ich war nicht ehrlich zu Ihnen, wissen Sie.«

»Ach?«, war alles, was er hervorbrachte.

»Ich muss Ihnen gestehen, dass ich bereits in der Eifel war, als Hermann getötet wurde. Eigentlich waren wir für diesen Tag miteinander verabredet. Wir hätten uns nach all den Jahren endlich wiedergesehen.« Sie seufzte tief und schenkte Herbie einen Blick voll abgrundtiefer Trauer, dass es ihm schier das Herz brach.

»Der Gedanke, dass wir diese eine letzte Gelegenheit dann doch nicht mehr bekommen haben, hat mich einfach nicht mehr losgelassen. Ich wollte endlich diesen Schmerz nicht mehr spüren müssen«, sagte sie leise. »Deshalb liege ich jetzt hier.«

Herbie nickte stumm und verspürte den Drang, tröstend ihre Hand zu halten. Er griff danach. Sie fühlte sich kalt und schlaff an. Er hoffte inständig, dass Julius sich jetzt nicht zu irgendwelchen Albernheiten hinreißen lassen würde. Aber Julius zeigte ein für ihn ungewöhnliches Taktgefühl.

»Hermann hat sehr gelitten. Diese Frau hat ihn regelrecht ausgehöhlt. Sie hat ihn gebrochen. Auch wenn er mich damals sehr verletzt hat, hatte er das wirklich nicht verdient.«

Sie wies mit einer schwachen Handbewegung in eine Zimmerecke. »Holen Sie sich doch bitte einen Stuhl heran.«

Er tat, wie ihm geheißen, und nahm an ihrer Seite Platz.

»Es ist erst ein paar Wochen her, da hat er mich angerufen. Er war dabei nicht mehr nüchtern. Früher hat er kaum etwas getrunken. Und dann hat er am Telefon tatsächlich geweint. Ich versprach, einen Besuch in der Eifel zu machen und wir haben uns verabredet. Er war sehr froh darüber. Ich glaube, er hatte mir sehr viel zu erzählen. Er hat das alles am Telefon nur kurz angerissen, wissen Sie. Es waren eigentlich nur Andeutungen: Debbie, die ihm übel mitgespielt hat, die jungen Dinger, die ihn verrückt machten mit ihren nackten Leibern, seine Sehkraft, die nachließ ... ach, er tat mir so unendlich Leid.«

»Hat er Ihnen während des Telefonats etwas von Geldschwierigkeiten erzählt?«

»Nur andeutungsweise. Was ihm Sorgen bereitete, war die Tatsache, dass er im Moment nicht gefragt war. Er verkaufte schon seit geraumer Zeit keine Bilder mehr. Das Geld sitzt nicht mehr so locker bei den Kunden. Und im Moment, so erzählte er, hätten sich die Leute mit den entsprechenden Mitteln eben darauf verlegt, Bilder längst verstorbener Eifelmaler zu kaufen. Plötzlich will jeder einen von Wille, einen Degode, oder wie sie alle heißen. Er hat auch etwas von Dingen gesagt, die man eigentlich nicht tun sollte.«

»Was könnte das gewesen sein?«

»Ich kann es Ihnen nicht sagen. Er sagte nur, dass er Dinge täte, die er besser bleiben ließe, aber die er tun müsse, um Geld zu verdienen.«

»Mehr nicht?«

»Mehr wollte er mir von Angesicht zu Angesicht erzählen.« Als Tränen in ihre Augen traten, wandte sie wieder das Gesicht ab.

»Glauben Sie, ein Herr Wallraff könnte etwas damit zu tun gehabt haben?«

Sie überlegte angestrengt und plötzlich klärten sich ihre Züge. »Wallraff. Bert Wallraff aus Köln? Meinen Sie den? Der hatte früher eine Galerie in Köln. Er war oft bei uns zu Besuch. Mit dieser Galerie ist er dann fürchterlich baden gegangen. Das war so ein kugelrunder Mann mit langem Haar.«

»Er war auf dem Foto, das Sie mir gestern gezeigt haben, nicht?«

»Oh, ja, das stimmt. Bert Wallraff ... Ich weiß gar nicht, was der heute so treibt.«

»Wallraff ist tot. Jemand hat ihn getötet. Genauso wie Ihren Mann und das Mädchen.«

Sie legte erschrocken die fleckige Hand auf den Mund. »Das ist ja fürchterlich. Können Sie sich denn einen Reim darauf machen?«

Herbie machte eine vage Handbewegung. »Sagen wir mal, ich habe eine Idee. Sagt Ihnen der Name Pfeiffer etwas? Etwas in Verbindung mit der Malerei Ihres Mannes vielleicht?«

»*Der* Pfeiffer?«, fragte sie. Und als Herbie sie fragend ansah, fuhr sie fort: »Pfeiffer ist Sammler. Einer der ganz fanatischen. Pfeiffer und Dr. Simon von der Bitburger

Brauerei haben sich damals legendäre Gefechte bei den Auktionen geliefert. Simon sammelte für die Kulturstiftung und für die Fritz-von-Wille-Ausstellung im Haus Beda. Aber dieser Pfeiffer sammelte für sich selbst. Kein Mensch kennt seine Sammlung, aber sie muss enorm sein. Er lebt irgendwo in der Nähe von Blankenheim, soweit ich weiß. Damals lebte er jedenfalls dort. Er muss heute schon sehr, sehr alt sein.«

Stille legte sich über den Raum. Ingrid Delamot hatte den Blick auf das Fenster gerichtet, an dem die Regentropfen in Schlieren herabrannen, und Herbie betrachtete die alte Frau. Die Liebe ging so oft im Leben Wege, die sie besser nie beschritten hätte. Wie leicht konnte es dabei geschehen, dass man sich darin verlor, wenn man einander nicht fest genug an den Händen nahm, in der Jugend wie im Alter. Und es konnte manchmal passieren, dass man einander nie wieder fand.

*Ist das die Herbert-Feldmann-Pilosophie oder ist das geklaut?*, meldete sich Julius vom Ende des Bettes.

Frau Delamot wandte sich wieder ihrem Besucher zu.

»Gestern Abend habe ich Debbie Delamot angerufen. Zuerst habe ich noch geglaubt, dass sie es war, die Hermann getötet hat. Sie ist so eine böse Frau. Aber jetzt glaube ich es nicht mehr.«

»Warum haben Sie Ihre Meinung geändert?«

Sie zuckte mit den Schultern. »Mein Gefühl sagt mir einfach, dass etwas ganz anderes dahintersteckt, nicht Debbie. Ich möchte sie einfach vergessen. Der Tatsache, dass ich jetzt hier liege und nicht in irgendeiner Leichenhalle, habe ich es zu verdanken, dass Debbie und ich gemeinsam in ein- und derselben Welt weiterleben müssen. Ich werde ihr aus dem Weg gehen. Sie wird Hermanns Werke verscherbeln oder sonst was damit machen, und ich kann sie nun mal nicht daran hindern. Damit muss ich mich abfinden.«

Sie vernahm plötzlich ein leises Knistern und beobachtete, wie Herbie ein großes, flaches Paket vom Boden aufhob. Für einen Augenblick hörte sie auf zu atmen, als er es vor ihr auf das Federbett legte. Mit zitternden Fingern begann sie vorsichtig, das Packpapier aufzureißen, und das Knistern war für einen Moment lauter als der Regen vor dem Fenster.

Herbie warf Julius einen Blick zu, der so etwas sagen sollte, wie: »Siehst du wohl. Das Abenteuer des gestrigen Abends war nun doch nicht ganz zwecklos«, und Julius' Blick antwortete: *Ohne mich hättest du das alles natürlich nie geschafft, mein Bester.*

Als Ingrid Delamots Finger wenige Augenblicke später mit sanften Bewegungen über die Oberfläche des Gemäldes strichen, stahl sich ein leises Lächeln auf ihr Gesicht. »Soll ich Ihnen einmal erzählen, was ich damals zu Hermann sagte, als er mir das Bild zum ersten Mal zeigte?« Um ihre Augen herum legten sich ein paar schelmische Lachfältchen. »Oh, Mann, Hermann, habe ich gesagt, da hast du mir aber ein paar Tüten gemalt.«

Sie kicherte leise.

»Wir haben es aus dem Haus in Mirbach. Danke für den Tipp mit dem Fenster über der Garage. Es war alles genau so, wie Sie es beschrieben hatten.«

Als Herbie ihr dann den Briefumschlag in die Hand legte, zog sie die Stirne kraus. »Von wem ist denn das? Etwa für mich?«

Herbie nickte. »Ihr Hermann bedankt sich für das Telefonat und freut sich auf ein Wiedersehen. So steht es auf dem Umschlag geschrieben. Wahrscheinlich hat er es sich anders überlegt und beschlossen, ihn mit dem Bild zusammen persönlich zu übergeben.«

Sie war plötzlich sehr aufgeregt. »Von Hermann? Ein Brief? Das ist ja zu dumm ...« Sie tastete auf dem kleinen

Nachttischchen neben ihrem Bett herum. »Meine Brille. Wo ist denn nur ... Bitte, lesen Sie es mir vor, tun Sie mir den Gefallen. Ich kann es gar nicht erwarten.«

Herbie zögerte einen Moment, dann riss er das Kuvert auf. Im Inneren fand er ein zusammengefaltetes Blatt, dessen Inhalt er kurz überflog. Seine Lippen formten stumm die Silben, die er las.

Julius und Frau Delamot hatten ihre Blicke angespannt auf sein Gesicht gerichtet.

Herbie begann zu grinsen. Er hob schließlich den Kopf und strahlte die beiden an.

*Nun mach schon! Sag uns, was drinsteht! Oder sollen wir dich erst foltern?*

»Frau Delamot, eins steht fest: Es ist wirklich ein Glück, dass wir diesen Umschlag gefunden haben, bevor er dieser Debbie in die Hände fallen konnte. Hermann Delamot hat Ihnen all seine Bilder vermacht.«

* * *

Skizzen wirbelten durch die Luft, Gemälde schlitterten über den Boden, und immer wieder warf Deborah Delamot ihre Mähne zurück, die ihr ins schweißnasse Gesicht wirbelte.

Sie fluchte seit einer Dreiviertelstunde fast ununterbrochen und die unglaubliche Menge der Bilder nahm ihr mehr und mehr den Mut, dass sich das Objekt ihrer Begierde so schnell finden lassen würde, wie sie sich das erhofft hatte.

Vielleicht hatte Hermann es ja auf den Dachboden verbannt, oder sogar ... Natürlich! Dass sie nicht früher darauf gekommen war! Es hing womöglich im Schlafzimmer. Das würde zu Hermann passen, so oft, wie er in letzter Zeit von Ingrid geredet hatte!

Sie rappelte sich auf, rutschte auf einer Mappe voller Bleistiftzeichnungen aus und riss im Fallen die Staffelei um. Es gab einen entsetzlichen Krach. Terpentin ergoss sich über den alten Teppichboden, und sie hatte Mühe, auf dem glitschigen Untergrund wieder hochzukommen. Sie taumelte vorwärts und wankte reichlich angeschlagen durch die Zimmertür in den Flur und auf die Treppe zu. Ihre Wut kannte in diesem Moment keine Grenzen mehr. Als sie im Flur ein nächstes Mal ausglitt und stürzte, fiel sie mit dem Gesicht auf etwas Hartes.

Ein schwarzer, abgetretener Schuh schälte sich direkt unter ihrer Nase aus der Dunkelheit. Weil sie ihn angeekelt wegstoßen wollte, bekam sie mit der Rechten das dazugehörige Bein zu fassen. Als ihre Hand – noch bevor sie eigentlich richtig begriff, was hier vor sich ging – plötzlich auf dem teigigen Bauch des toten Mannes auf der Kellertreppe lag, geriet in ihrem Kopf irgendetwas gehörig durcheinander.

Wenige Minuten später rannte Deborah Delamot kreischend aus dem Hausflur hinaus in den strömenden Regen und wurde erst viel später wieder etwas ruhiger, als ein Notarzt, der kurz nach der Polizei eingetroffen war, ihr im Gästezimmer des Nachbarn gewaltsam eine Beruhigungsspritze verpasst hatte.

## Neunzehntes Kapitel

In Rekordzeit hatte es Herbie fertiggebracht, mit Ulrikes Auto zurückzufahren und das Überbrückungskabel zwischen den beiden Autobatterien zu installieren.

Ein Frührentner aus Ostwestfalen-Lippe, der wegen eines umgeknickten Knöchels nicht am Seniorenspaziergang um das Maar herum teilnehmen konnte und im Bus warten musste, wurde zwangsverpflichtet, im Twingo das Gas hoch zu treten, während Herbie den Kombi reaktivierte.

Der dürre Herr mit ungesunder Gesichtsfarbe verzerrte schmerzgepeinigt das Gesicht, während er mit seinem schlimmen Fuß das Gaspedal betätigte.

*Du würdest nicht davor zurückschrecken, einen Armamputierten zu bitten, mal ›mit anzupacken‹, oder einen Blinden zu fragen, ob er mal ›gerade ein Auge drauf werfen‹ kann, was?*

»Wir haben jetzt überhaupt keine Zeit für solche Zimperlichkeiten.« Herbie ließ den Motor aufheulen und setzte eine triumphierende Miene auf. Dann sprang er aus dem Auto, packte den gequälten Herrn im sandfarbenen Blouson an der Schulter und komplimentierte ihn aus dem Twingo heraus. »Vielen Dank«, war das Einzige, was er hervorbrachte, bevor er ihn zurück zu seinem Bus schickte.

Er sperrte den Twingo ab und fuhr mit dem Kombi zur Altburg. Er hatte Glück. Ulrike hatte gerade eine Tasse Brühe in die Mikrowelle gestellt, um ihre Mittagspause zu genießen und erklärte sich maulend bereit, mit ihm zurück zum Parkplatz zu fahren, um ihr Auto abzuholen.

»Köbes hat sich bei mir gemeldet«, sagte sie. »Er ist frei. Er lässt fragen, wann du ihn in Wittlich abholen kannst.« Ein verstohlenes Lächeln huschte über ihr Gesicht. »Er hat es sehr eilig, von dort wegzukommen.«

»Hm«, machte Herbie und nun setzte er ein gequältes Gesicht auf. »Weißt du, das passt mir jetzt irgendwie gar nicht.«

»Wie bitte?« Ulrike riss empört die Augen auf. »Zuerst machst du hier so ein Theater, kurvst durch die Gegend und belästigst die Leute, damit er endlich aus der Haft entlassen wird, und jetzt ...«

»Man ist manchmal gezwungen, Prioritäten zu setzen, verstehst du?« Herbie bog mit einem rasanten Schlenker auf den Parkplatz ab, sodass die Steinchen durch die Gegend prasselten und der einsam herumhumpelnde Frührentner erschrocken zur Seite sprang. Dann griff er über die schockierte Ulrike hinweg nach dem Türgriff und öffnete die Beifahrertür.

»Tut mir wirklich Leid, Uli, aber ich möchte hier nur ungern den Motor abstellen. Wer weiß, ob ich ihn je wieder gestartet bekomme. Das Auto hat mit diesem Platz schlechte Erfahrungen gemacht.« Er versuchte ihr mit einem stummen Wink möglichst schonend beizubringen, dass es höchste Zeit sei auszusteigen.

»Das ist Köbes' Auto!«, schimpfte Ulrike. »Du kannst ihn doch unmöglich da in Wittlich stehen lassen, Herbie, das geht doch nicht.«

Er wartete nicht ab, bis sie mit den Beschimpfungen begann, denn er wusste, dass sie darin wirklich einsame Spitze war. Er kannte das Ehepaar Nießen schon ausreichend lange, um das beurteilen zu können. Dann brauste er los.

*Hast du nicht etwas Wichtiges vergessen, mein Bester?*

»Was denn?«

*Möglicherweise ihren Autoschlüssel.*

Herbie vollführte ein mörderisches Wendemanöver und kurbelte die Scheibe herunter.

Ulrike zeigte ein erleichtertes Lächeln. »Oh, Mann, Herbie, ich dachte schon, du meinst das wirklich ernst.«

Wortlos drückte er ihr den Autoschlüssel in die Hand und fuhr davon. Im Rückspiegel sah er, wie eine völlig konsternierte Ulrike langsam immer kleiner wurde.

* * *

In Bad Münstereifel parkte er das Auto in der Stadtmitte auf dem Klosterplatz und erwischte den Museumsleiter Harald Bongart gerade noch, bevor dieser sich daran machte, mit einer grölenden Schulklasse einen Rundgang durch das Heimatmuseum zu absolvieren.

Als er Herbie durch die schwere, alte Eichentür hereinkommen sah, breitete er freudig die Arme aus. »Herbie, mein alter Freund und Kupferstecher. Wie schön, dich wohlauf und gesund zu sehen.«

Jedes Mal, wenn Herbie seinem Freund Harald gegenüberstand, ertappte er sich dabei, wie er insgeheim Maß nahm und die Gestalt des großen, prallen Mannes mit der seines Schattens Julius verglich.

*Mit dem würde ich mich mal gerne in der Wrestling-Arena messen.* Julius stellte sich neben Harald und versuchte, dabei möglichst imposant auszusehen.

Im Nebenraum probten die Viertklässler gerade den Aufstand gegen eine völlig überforderte Junglehrerin mit einem unaussprechlichen Doppelnamen, die um die Ecke schaute, Harald mit flehentlichem Blick aufforderte, sich zu beeilen und dann wieder im Gewimmel verschwand. Es dröhnte schrill aus dreißig Kehlen durch die kleinen Räume des alten Romanischen Hauses an der Langenhecke.

Harald Bongart konnte all das nicht aus der Fassung bringen. »Die werde ich gleich schon Mores lehren«, sagte er gelassen.

Er registrierte Herbies fragenden Blick, der für eine Sekunde durch den Raum strich, und er ahnte sofort, was das bedeuten konnte.

»Nun sag bloß, Julius ist wieder bei dir?«

Herbie nickte. Der Gesichtsausdruck, den er dabei aufsetzte, konnte alles Mögliche bedeuten. »Seit ich wieder in der Eifel bin, weicht er nicht von meiner Seite.«

*Irgendjemand muss doch auf dich aufpassen.*

»Sei gegrüßt, Julius, wo immer du auch gerade bist«, rief Harald freudig in den Raum hinein.

*In der Tat ein freundlicher Mensch. Manchmal glaube ich fast, wir beide sind so etwas wie Verwandte im Geiste.*

»Was hältst du von einem Bierchen im Café T, wenn ich hier fertig bin?«, fragte Harald, aber Herbie schüttelte den Kopf.

»Ich brauche eine Auskunft. Hoffentlich kannst du mir helfen.«

Harald versetzte ihm einen kollegialen Hieb auf die Schulter, und Herbie japste nach Luft.

»Weißt du, es geht um Eifelmaler.«

»Lebende oder Tote?«

»In diesem Fall ausschließlich tote. Später erzähle ich dir mal alles ganz ausführlich, aber im Moment habe ich das Gefühl, dass ich keine Zeit zu verlieren habe.«

»Eifelmaler. Hm. Nicht gerade mein Fachgebiet.«

»Da soll es einen Sammler geben, der sich ganz und gar diesem Sammelgebiet verschrieben hat. Nach meinen Informationen heißt er Pfeiffer und lebt in der Nähe von Gerolstein.«

Harald schürzte die Lippen und rückte seine Nickelbrille zurecht. »Pfeiffer ... Hm ... Mit einem oder mit zwei F?«, fragte er, während er sich schnaufend auf seinem Bürostuhl niederließ und den Computer einschaltete. »Und nun komm mir nicht mit dem ollen Feuerzangenbowlen-Witzchen.«

»Keine Ahnung.«

»Mal sehen ...« Bongarts Finger huschten behände über die Tastatur. Zwischendurch ließ er die Maus ein paarmal über den Tisch sausen, und schließlich sagte er. »Der könnte es sein.«

Er klickte mit der Maustaste, und der Drucker setzte sich in Bewegung. Wenige Augenblicke später hielt Herbie einen Zettel mit einer Adresse in den Händen.

»Dr. Chrysant Pfeiffer, Oberregierungsrat a. D. Wohnhaft ist dieser Mensch in Üxheim. Weißt du, wo das ist?«

Herbie nickte. »Harald, du bist ein Zauberer.«

Harald Bongart setzte ein unverschämtes Grinsen auf und lehnte sich in seinem Bürostuhl zurück. »Darf man erfahren, was du von diesem Herrn Pfeiffer willst?«

Herbie faltete das Papier zusammen und ließ es in der Hosentasche verschwinden. »Was ich von ihm will? Oh, das ist kompliziert. Ich möchte ihm etwas verkaufen.«

»Ein Zeitungsabonnement? Mundgemalte Postkarten?«

»Oh, Mann, du redest schon genau wie Julius.« Herbie setzte einen würdevollen Blick auf und schüttelte Harald die Hand. »Ich werde ihm ein Gemälde verkaufen. Wünsch mir Glück.«

Harald erhob sich und sagte salbungsvoll: »Möge die Kraft mit dir sein.«

Dann krempelte er die Ärmel hoch und murmelte: »Und auch mit mir. Ich werde mich jetzt mal dieser Bande von kleinen Terroristen widmen.«

Als Herbie und Julius die Tür durchschritten hatten und die Stufen zum Ausgang hinabstiegen, vernahmen sie, wie das Getöse im Inneren des Museums plötzlich mit einem Schlag verstummte.

*Was soll ich denn noch tun, um dir das auszureden? Wenn das herauskommt, wird sie sich etwas ganz Besonderes für dich einfallen lassen. Vielleicht wird sie dich einmauern. Diese beiden Handwerker in der Unnaustraße sehen so aus, als würden sie für ein kleines Handgeld auch mal rasch ein Mäuerchen hochziehen, um einen unliebsamen Neffen dahinter verschwinden zu lassen.*

Herbie ruderte mit den Armen. »Du glaubst nicht an mich, Julius! Das hat mich schon immer gekränkt. Das wird alles ganz reibungslos ablaufen. Sie wird überhaupt nichts davon merken. Es ist ein Geniestreich, glaube mir.«

*Du meinst es also tatsächlich ernst.*

»Todernst.«

*Und du willst tatsächlich bei diesem Oberregierungsrat a. D. vorstellig werden?*

»Das will ich, Julius. Genau das will ich.«

*In geschmacklosen, gelben Sommerklamotten, die so aussehen, als habe sich jemand die Schuhe damit geputzt?*

## Zwanzigstes Kapitel

Viele herzliche Grüße von deinen Bauarbeitern«, sagte Herbie und setzte das Gesicht des braven Neffen auf. »Sie haben die alten Holzstiegen aus dem Treppenhaus herausgeholt.«

»Wurde auch langsam Zeit.« Seine Tante stand vor ihm und hielt die Rosenschere so, dass man es, wenn man die alte Dame nicht näher kannte, für eine Verteidigungshaltung mit gezückter Waffe hätte halten können. Wenn man sie näher kannte, wusste man, dass es genau das auch war. »Du bist sicher nicht hierher gekommen, um mich über den Fortgang der Renovierung zu unterrichten.«

»Nein, nein!« Herbie winkte ab.

»Also, was willst du?« Sie trug eine grüne Schürze und ein albernes, kleines Strohhütchen. Ihr Pudel hockte an ihrer Seite und blickte Herbie mit offen zur Schau getragener Feindseligkeit an. Er begleitete sein Frauchen auf Schritt und Tritt, und während sie in dem parkähnlichen Garten hinter ihrem Haus die Blumen zu beschneiden pflegte, lag er meistens in der Schubkarre zu ihrer Seite und ließ sich alle paar Minuten ein Stückchen weiter fahren.

*Deine letzte Chance. Erzähl ihr irgendwas Blödes, so, wie du's sonst auch tust, und dann hau schleunigst ab, aber tu bitte nicht das, was du dir vorgenommen hast.*

Herbie fasste nach einer der Rosenblüten und bog sie zu seiner Nase hin, aber seine Tante klopfte ihm mit den Gartenhandschuhen auf die Finger. »Bleib davon.«

»Nun«, sagte Herbie so beiläufig wie möglich. »Ich habe ja jetzt begonnen, mich ein wenig in meiner neuen Wohnung einzurichten. Eigentlich ist es ja ganz hübsch dort, auch wenn es nur für den Übergang ist. Dass ich jetzt im Treppenhaus die Leiter benutzen muss, ist zwar etwas lästig, aber ... Was soll's.«

Seine Tante blickte ihn skeptisch von unten herauf an.

»Ich möchte mir noch ein bisschen was von meinen alten Bildern und so aus der Garage holen. Weißt du, ich will es mir ein wenig gemütlicher machen.«

Julius stemmte empört die Hände in die Seiten. *Haben sich die Arbeiter denn nicht alle erdenkliche Mühe gegeben? Zeitungsnackedeis haben sie aufgehängt und schöne Bilder auf den Putz gemalt.*

»Na, schön«, sagte Tante Hettie erstaunlich leichtfertig. »Ich bin ohnehin froh, wenn der Kram aus der Garage verschwindet.«

Herbie überlegte sich, dass er sich diesen Ausspruch unbedingt für den Notfall merken musste.

*Du meinst, du nimmst sie beim Wort?*

Tante Hettie legte die Rosenschere in den Korb zu ihren Füßen und sagte barsch: »Komm mit.«

Als sie die Einfahrt erreichten, fragte Tante Hettie voller Abscheu und mit ausgestrecktem Zeigefinger: »Was ist denn das da?«

»Das ist das Auto von Kö ... von einem Freund. Ich gucke mich derzeit nach etwas Eigenem um.«

Sie lachte verächtlich, als sie die Haustür öffnete, um von innen den Garagentormechanismus zu betätigen.

»Wovon willst du das denn, bitte, bezahlen? Hast du endlich Arbeit?«

Herbie schwieg.

»Na, also«, sagte sie. Das Tor schwang mit einem leisen, blechernen Vibrieren nach oben.

Dann stapfte sie wieder voran. Herbie fragte sich, wann er jemals zuvor seine Tante in Gummistiefeln gesehen habe.

*Sie wird immer jünger. Das macht bestimmt das Feng Shui, das durch ihr Wohnzimmer säuselt. Schau, sie geht sogar ohne ihre Krücke.*

Julius hatte Recht. In Herbie keimte der Verdacht auf, dass die orientalische Krücke mit dem Silberknauf möglicherweise nichts als Zierrat war. Und das bedeutete gleichzeitig, dass sie längst nicht so gebrechlich war, wie sie immer tat. Das fette Erbe rückte in solchen Momenten in unerreichbare Ferne.

»Wenn du eine feste Wohnung hast, kommt das alles weg, damit wir uns da nicht missverstehen.«

»Klar, Tantchen. Ich bin ja froh, wenn ich wieder alle meine Sachen um mich habe.« Er blickte auf die Kartons mit seinen Habseligkeiten nieder und kratzte sich am Kopf. Liebevoll strich er mit dem Finger über den Rand seines geliebten Tischfußballbretts.

»Wie schön, du hast ja wirklich alles mitgenommen.« Er fischte eine verdorrte Bananenschale aus einer der Kisten und ließ sie zwischen Daumen und Zeigefinger baumeln.

»Sei nicht albern. Das hat der Hausmeister gemacht. Der Herr Strecker. Der ist sehr sorgfältig.«

Aus den Augenwinkeln heraus versuchte Herbie, die Dekorationsstücke zu erspähen, die aus Tante Hetties Living Room hierher geräumt worden waren, bis dereinst der ganze Raum in Apricot und Malve erstrahlen würde. Und da stand tatsächlich alles in einer Ecke hinter dem Daimler der Tante. Schützend umhüllt von Plastikfolie und behängt mit alten Wolldecken.

Sie trat näher an ihn heran und schnüffelte vernehmlich. »Riechst du etwa so? Das ist doch ein Frauendeodorant, oder?«

»Als ich vorhin nach Hause kam, war das Wasser abgestellt. Die Waschsituation war folglich nicht so ...« Er winkte ab.

*Erzähl ihr doch die Geschichte von Ninas Deo, das du versehentlich aus München mitgenommen hast.*

Aber Herbie war jetzt nicht nach Smalltalk. Er wünschte sich nur, endlich allein in der Garage zu sein.

»So, dann will ich mal schauen ...« Er klatschte in die Hände, krempelte die Ärmel hoch und hoffte, seine Tante würde sich nun wieder zurück zu ihre Rosenbeete trollen. Aber sie blieb ungerührt vor der Garage stehen und schwieg ihn an.

*Sie will dich ein einziges Mal in ihrem Leben arbeiten sehen. Würde mich übrigens auch mal interessieren, wie das aussieht.*

»Sieht nach Regen aus«, sagte Herbie.

Seine Tante blickte zum Himmel und schwieg.

Herbie reckte den Kopf hoch. »Hast du das gehört?«

»Was?«

»Das Telefon. Ich glaube, da hat gerade eben das Telefon geklingelt.«

»Quatsch.«

»Aber ja doch, sicher.«

Verunsichert machte sie ein paar Schritte über den Kies auf das Haus zu, um zu lauschen. Aber es blieb still. Nur in der Nachbarschaft übte irgendwo jemand bei geöffnetem Fenster Geige. Sie tippte sich viel sagend an die Stirn.

*Sie kommt zurück.*

Aber die Tante warf nur noch einmal einen missbilligenden Blick zu ihm hinüber und verschwand dann wieder hinter dem Haus, gefolgt von ihrem ondulierten Schoßhündchen.

Jetzt kam Bewegung in Herbie. Er warf den alten Leuchtglobus, in dessen Betrachtung er zwischenzeitlich völlig versunken war, wieder zurück in die Kiste und schoss um das Mercedes-Cabrio herum.

Unter der ersten grob karierten Decke, die er lüftete, entdeckte er eine kleine Kirschholzkommode. Daneben standen zwei Plastikkisten voller kleinerer, gerahmter Bilder. Sein Blick fiel auf alte Fotografien. Er entdeckte ein Abbild seines Vaters. Und er fand auch eine Schwarzweißaufnahme seiner selbst aus Kindergartentagen. Eine aus der unsäglichen Serie, auf denen er noch das linke Auge verpflastert hatte.

*So hat sie dich in liebevoller Erinnerung behalten. Klein und blöd. Genauso trägt sie dich in ihrem Herzen.*

Hinter dem Empiresessel lehnte etwas Größeres, das in Folie eingeschlagen war.

»Das ist es«, jauchzte Herbie. »An diese Bilderstehlerei könnte ich mich glattweg gewöhnen. Es ist eigentlich ganz einfach.«

Er zerrte den großen Gegenstand aus seiner Lücke heraus und strahlte übers ganze Gesicht.

Alle paar Sekunden schickte er panische Blicke zur Hausecke, um nicht doch noch plötzlich von seiner Tante überrascht zu werden. Aber sie blieb erfreulicherweise verschwunden.

Dann machte er sich beherzt an der Folie zu schaffen.

Es war in der Tat das Gemälde eines Maler namens Wilhelm Degode. Der Bleistiftbeschriftung auf dem rückwärtigen Rahmen entnahm er, dass es sich um die »Frühlingsstimmung an der Munterley« handelte. Herbie hatte dieses große Ölbild schon oft an der Wand über Tante Hetties Teewagen hängen sehen, ohne es jemals einer genaueren Betrachtung zu unterziehen. Aber auch jetzt blieb ihm dazu keine Zeit, was er eigentlich bedauerte.

»Hoffentlich springt er drauf an«, keuchte er, als er wenig später mit dem Bild, das er mit ein wenig Schnur und einer Decke notdürftig umwickelt hatte, über den Kies der Einfahrt rannte.

*Du willst es ihm tatsächlich verkaufen?*

»Nur zum Schein. Selbstverständlich nehme ich es wieder mit. Ich muss nur einen Kontakt über dieses Bild herstellen.«

*Wenn das schief geht, solltest du dir das Gesicht umoperieren lassen, mein Bester.*

Herbie vernahm die Stimme seiner Tante genau in dem Augenblick, in dem er feststellen musste, dass das Kofferraumschloss des Kombis abgeschlossen war.

Sie kam rasch näher und sprach besänftigend auf ihren kläffenden Pudel ein. »Beruhige dich, mein kleiner Liebling. Gleich ist der böse Onkel wieder weg, und dann haben wir wieder unseren Frieden ... Ja, du hast ja Recht, er riecht unangenehm.«

Herbie riss den Schlüssel vom Zündschloss und schlitterte atemlos auf dem umherspritzenden Kies um das Auto herum, und als die Tante und ihr Tier um die Hausecke bogen, hatte er es in letzter Sekunde geschafft, den Kofferraum wieder zu schließen. Er lehnte japsend und entkräftet an dem verbeulten, roten Auto und hatte ein blödsinniges Grinsen aufgesetzt.

»Alles okay, Tantchen. Ich habe mir was Schönes ausgesucht. Das wird jetzt alles viel gemütlicher, wirst schon sehen.«

Er öffnete die Fahrertür und stieg ein. »Du kannst ja bald mal zum Kaffee kommen. Am besten aber erst, wenn ich wieder fließendes Wasser habe. Allein schon wegen der Toilette und so.«

»Und was ist mit dem restlichen Plunder?«

»Wird geholt, sobald ich einen festen Wohnsitz gefunden habe. Fest versprochen.« Er schlug die Tür zu und winkte durch das offene Fenster. »Das Tischfußballspiel habe ich auch mitgenommen. Ich habe beschlossen, meine Freizeit ab jetzt sinnvoller zu gestalten.«

Ohne einen Kommentar abzuwarten, fuhren er und Julius davon, und Bärbelchen verfolgte ihr Auto kläffend bis zur nächsten Straßenecke.

Hinter ihnen, im Kofferraum, bedeckt von einer alten Luftmatratze, ruhte ein kostbares Gemälde, das für Herbie die Eintrittskarte in das Haus des legendären Sammlers bedeuten würde.

*Und was schlummert jetzt in der Folie in Tante Hetties Garage, wenn die Frage gestattet ist?*

»Mein geliebtes Tischfußballbrett.«

## Einundzwanzigstes Kapitel

Über dem Ahrtal hing ein prachtvoller Regenbogen vor dem schwarz-grauen Wolkengebräu und zeigte, dass das Schöne doch viel prachtvoller war, wenn man es nur vor dem Hintergrund des Schrecklichen betrachtete.

So drückte es jedenfalls Herbie aus, was Julius nur mit einem dahingeworfenen *Gewäsch!* quittierte.

Es dauerte nicht lange, und die ersten Regentropfen prasselten auf die Windschutzscheibe.

Die Scheibenwischer hätte er besser nicht betätigt, denn augenblicklich sah es so aus, als habe jemand eine Tasse Suppe über das Glas geschüttet.

*Das Schöne vor dem Hintergrund des Schrecklichen. Jetzt sieht man beides nicht mehr.*

Die Rückleuchten seines Vordermanns mehr erahnend als sehend, betätigte Herbie panisch die Wischanlage, und nach ein paar Metern war das Ergebnis passabel, wenn auch nicht unbedingt verkehrstüchtig.

Aber solche Kleinigkeiten durften ihn jetzt nicht aufhalten.

Als er aus dem Ahrtal in Richtung Üxheim abbog, schwoll der Regen zu einem regelrechten Wolkenbruch an. Der Motor ruckelte beleidigt, als die Gischt hochspritzte.

»Geh nicht aus, geh jetzt bitte nicht aus, um Gottes Willen.«

*Das ist ein Zeichen! Lass uns umkehren.*

Der heftige Regen machte es nicht eben leichter, sich in dem kleinen Ort zu orientieren, in dem Herbie nie zuvor gewesen war.

Immer wieder ließ er den Wagen am Rinnstein ausrollen, um nach Straßenschildern zu spähen.

Gerade als er kurz davor war, völlig die Fassung zu verlieren, erkannte er die Umrisse einer Gestalt, die im strömenden Regen am Straßenrand stand.

Es war ein Landwirt, der gerade dabei war, das Auto, in dem seine Frau hinterm Steuer saß, rückwärts aus der großen Toreinfahrt seines Gehöfts herauszulotsen.

Herbie öffnete das Fenster nur einen Spalt breit, damit er nicht schon im Auto total durchnässt wurde.

»Entschuldigung, ich suche eine Adresse. Leider bin ich völlig fremd hier. Können Sie mir helfen?«

Der Mann sah ihn mit mürrischem Gesicht an. Von seinem Hut troff der Regen in wahren Sturzbächen herab, aber das Wetter schien ihm nichts auszumachen. Als er unmerklich nickte, nannte Herbie die Adresse.

*Lass uns umkehren. Du fährst in dein Unglück!*

Der Mann rieb sich ausgiebig sein kantiges Stoppelkinn und nickte wieder wortlos.

*Der Mann ist stumm. Er wird dir den Weg in Gebärdensprache erklären. Das hat doch alles keinen Zweck!*

Dann streckte der Alte den Arm aus und wies mit dem Zeigefinger auf eine nahe Abzweigung. »Da links, und dann immer weiter.« Seine Stimme klang hohl, wie die eines Nachtwächters.

*Du begibst dich in Teufels Küche. Man gondelt nicht mit einem gestohlenen Gemälde in der Eifel rum!*

Herbie riss der Geduldsfaden, und er zischte: »Das ist kein gestohlenes Gemälde!« Dann winkte er mit vier ausgestreckten Fingern aus dem Fensterspalt heraus und rief: »Dankeschön!«

Als er weitergefahren war, verharrte der Mann noch eine Weile in seiner starren Haltung und ging dann langsam zu dem Benz, der immer noch mit laufendem Motor in der Toreinfahrt stand.

Er sah seine Frau, die darauf wartete, von ihm gelotst zu werden, ernst an und sagte: »Das waren zwei Mann. Der eine hatte sich versteckt. Die fahren ein gestohlenes Bild durch die Gegend.«

Seine Frau führte erschrocken die Hand zum Mund. »Da stand doch heute was in der Zeitung!«

Er nickte wieder. »Die haben irgendwas transportiert. Etwas, was mit ner alten Decke verschnürt war.«

»Oh Gott, Päul, wir müssen was unternehmen.«

Irgendwann war dann der Ort zu Ende. So erschien es Herbie jedenfalls. Aber dann erspähte er durch den Regenschleier doch noch ein paar Häuser in einiger Entfernung. Die Straße führte in ein Tal, das von einem kleinen Bach durchzogen war, den Herbie freilich nur erahnen konnte. Hier gab es ein paar vereinzelte Gehöfte. Eines konnte er anhand der Beschilderung als Antiquitätengeschäft ausmachen.

»Wir fahren noch ein bisschen weiter«, sagte er ohne wirkliche Zuversicht in der Stimme.

Die Straße führte auf der anderen Seite wieder aus dem Tal heraus und machte plötzlich hinter einem Fichtenwäldchen einen scharfen Linksknick. Und dann waren sie angekommen.

Das Haus des Oberregierungsrats a. D. passte einfach nicht in die Umgebung. Der Ort Üxheim war ein liebevoll herausgeputztes Dörfchen mit prächtig renovierten alten Bauernhäusern. Das, was hier vor ihm aus dem Boden wuchs, war eine Orgie in Beton und Stahl. Aus einem alten Eifeler Gehöft hatte hier jemand mit viel Mühe ein anonymes Stück Haus gefertigt, dem jeglicher ländliche Charme abging.

Noch einmal sah Herbie auf seinen Zettel. Hausnummer, Straße ... alles stimmte.

Er wandte sich zu Julius um. »Das muss es sein. Hübsch hässlich, was?«

*Auf dem Briefkasten steht bestimmt ›Alcatraz‹.*

»Wir werden triefend nass werden.«

*Du wirst triefend nass werden.*

Herbie schlug den Kragen seines Sommermantels hoch und warf einen skeptischen Blick gen Himmel. »Es sieht nicht so aus, als würde es sich in absehbarer Zeit bessern. Also los!«

* * *

Der Tscheche betrachtete amüsiert den alten Mann, der seine Augen gar nicht von dem Gemälde abzuwenden vermochte.

»Es ist wundervoll. Ganz wundervoll«, brabbelte er fortwährend und ließ seine Hand über das Bild gleiten, ohne es zu berühren.

Vaclavs Kumpel grinste breit und sagte in schauerlichem Sächsisch: »Wenn se woll'n, könn' wer Ihnen noch mehr besorg'n. Wir wissen jo jetzt, wo's welsche gibt, ni woar?«

»Ich fürchte, das wird nicht mehr möglich sein«, sagte Dr. Pfeiffer und leckte sich aufgeregt die Lippen. »So etwas gelingt nur ein einziges Mal. Alle sind jetzt in Aufruhr. Sie werden die anderen nun hüten wie ihre Augäpfel. Aber dieses hier, dieses haben sie einfach nicht verdient.« Er deutete mit seinem knochigen Finger auf die Schramme im rechten oberen Teil des Gemäldes. »Sie haben es schändlich vernachlässigt. Ihnen, meine Herren, darf ich bescheinigen, dass Sie beim Transport wirklich sehr sorgfältig vorgegangen sind. Wenn man bedenkt, unter welchen Umständen das alles vonstatten gegangen ist. Nein, nein, ich bin sehr zufrieden.« Er nickte, ohne sie dabei anzuschauen. Seine Augen waren zu sehr vertieft in den Anblick der Stadtmauer von Hillesheim. »Sehr zufrieden ... sehr zufrieden«, brabbelte er und nickte immer wieder.

»Wir werden gehen. Ist jetzt alles erledigt. Alle glücklich und zufrieden«, sagte Vaclav.

Jetzt blickte Pfeiffer auf und lächelte sie an. »Ja, meine Herren, schade, dass Sie nicht bleiben können. Schade auch, dass Herr Wallraff heute verhindert ist. Er hat hervorragende Arbeit geleistet. Ich werde ihn weiterempfehlen. Sie natürlich auch.«

»Wallraff heute fort«, sagte Vaclav und warf seinem Freund einen viel sagenden Blick zu. »Schade. Wir ihm geben sein Geld.«

»Was glauben Sie, wie sehr es mich geärgert hat, dass ich gestern noch diese Untersuchung über mich ergehen lassen musste. Ausgerechnet gestern. Ich habe in der Nacht kein Auge zugetan vor Aufregung. Solche Glücksfälle gibt es nur sehr selten im Leben.«

Er sah wieder zu der riesigen Leinwand hinüber, die sie auf einem großen Eichentisch ausgerollt hatten.

»Der Platz für das Bild ist bereit. Nun muss nur noch der Handwerker ran, der es rahmen wird. Ich lasse ihn aus Belgien kommen. Er ist sehr verschwiegen.«

In diesem Moment ertönte die Türklingel.

Sie sahen einander an. »Ich hoffe doch nicht, dass Sie mit Ihrem Auto unnötiges Aufsehen erregt haben, meine Herren«, sagte Pfeiffer, und das Lächeln verschwand aus seinem Gesicht. »Ist Ihnen womöglich jemand gefolgt? Ich erwarte keinen Besuch.«

Die beiden verneinten. »Wir vorsichtig«, sagte Vaclav.

»Ja, aber wer mag denn bei diesem Wetter hier rauskommen?«, fragte Pfeiffer ernst und ging zum Fenster. Als er eine der Lamellen beiseite schob, erkannte er durch die Fensterscheibe, an der der Regen herunterrann, einen jungen Mann, den er noch nie zuvor gesehen hatte, vor der Eingangstür.

Es schellte ein weiteres Mal.

»Der wird später noch einmal wiederkommen müssen«, knurrte Pfeiffer. »Wir werden uns doch jetzt nicht stören lassen. Außerdem hasse ich kaum etwas so sehr wie unangemeldeten Besuch.«

Als er sich wieder umwandte, warf Vaclav einen einzigen, flüchtigen Blick zum Fenster hinaus. Eigentlich nur, um zu sehen, ob der Regen ein wenig nachgelassen habe. Aber dieser Blick genügte, um ihn in höchste Alarmbereitschaft zu versetzen.

Er schnippte mit den Fingern. »Komm her!«

Sein Kumpel trat an seine Seite und spähte nun ebenfalls zwischen den Lamellen hindurch auf den kleinen, gepflasterten Vorplatz.

»Nanu. Was meinste, das is doch wohl der Typ von gestern Nacht, oder?«

Vaclav nickte. »Ist er.«

»Kennen Sie den Herrn? Hören Sie, es wäre mir sehr unangenehm, wenn hier ...«

»Wir werden rausfinden, was er will.«

»Ich möchte hier kein Aufsehen erregen. Wenn ich Sie jetzt bitten dürfte zu gehen.«

»Sie machen Tür auf.« Vaclavs Interesse an einer Diskussion war in diesem Moment gering.

»Aber, meine Herren«, stammelte der alte Mann. »Ich weiß nicht, ob ich das richtig verstehe, aber ...«

»Der Typ spioniert uns nach«, erklärte der andere. »Versteh'n se doch. Den müssen wir uns mal zur Brust nehmen. Der soll uns mal erzähl'n, wasser will.«

»Und dazu er muss rein«, sagte Vaclav barsch.

»Meinen Sie?« Pfeiffer knetete unablässig die Hände.

* * *

»Ich glaube, es hört langsam auf zu regnen«, sagte Herbie. Er betrachtete das Haus und sein Umfeld und erschauerte. Nicht ein Pflänzchen erfreute sich an dem Wasser, das mittlerweile nur noch als dünner Nieselregen vom Himmel kam. Der Platz vor dem Haus war komplett gepflastert und eingefasst von einer wirklich grässlichen Mauer aus Waschbeton.

*Es ist keiner da. Lass uns wieder gehen. Und lass dir von dem taubstummen Ureinwohner erklären, wie wir wieder aus dem Ort rauskommen.*

Hinter der Haustür wurden Geräusche laut. Herbie hörte, wie eine Sicherungskette entfernt wurde. Er grinste Julius triumphierend an.

Wenige Augenblicke später stand der Oberregierungsrat a. D. vor ihnen. Herbie hatte keine genaue Vorstellung von dem Mann gehabt, der sie erwarten würde, aber trotzdem war er überrascht. Im Türrahmen stand die kleine, gebückte Gestalt eines steinalten Mannes, dessen Augen durch eine dicke Hornbrille zwinkerten. Seine Rechte zuckte ununterbrochen, und der Schlips um seinen Hals war unordentlich geknotet. Überhaupt machte er den Eindruck, als lege er wenig Wert auf ein gepflegtes Äußeres. Er trug zwar Weste, Schlips und Jackett, aber alles war schon Jahrzehnte alt und alles andere als frisch gebügelt.

»Guten Tag«, sagte Herbie und versuchte, sich auf ihn einzustellen. Er hatte ein wenig damit gerechnet, einen eiskalten Kunsthändler vorzufinden und sich vorgenommen, möglichst lässig in die Verhandlungen einzutreten.

»Ja, guten Tag«, schnurrte das Männlein. »Wer ... wen ...«

»Mein Name ist Hans-Bert Lohse. Herr Dr. Pfeiffer?«

*Oh nein, nicht schon wieder. Das letzte Mal, als du diesen Namen verwendet hast, gab es eine Katastrophe.*

»Ja. Und was kann ich ...«

Herbie hatte den Verdacht, dass der greise Einsiedler den Umgang mit Fremden nicht mehr gewohnt war, also schnitt er ihm kurzerhand das Wort ab.

»Ich habe etwas für Sie!« Er legte einen verführerischen Schmelz in seine Stimme. »Etwas, das Sie sicherlich interessieren dürfte.«

»Was meinen ...«

»Kommen Sie mit!« Herbie huschte zum Kofferraum des Kombis und öffnete den Deckel. Während der alte Mann ihm langsam folgte, rupfte er an der karierten Decke herum und entfernte sie so weit, dass ein Blick auf das Gemälde frei wurde.

*Schäm dich, das letzte Hab und Gut deiner armen Tante zu verscherbeln.*

Herbie strahlte den Greis an. »Na, was sagen Sie jetzt?«

Zu seinem Erstaunen hatte Dr. Pfeiffer mit einer raschen Handbewegung eine kleine Lupe hervorgezaubert und beugte sich über das Bild. Sein Blick prüfte die Signatur, und er sagte. »Degode, Frühlingsstimmung an der Munterley, 1918. Hm. Soso. Das ist echt, so viel kann ich sagen. Prächtiges Format ...« Er strich mit einem dünnen, spitzen Finger über das schwarz lackierte Holz des Rahmens. »Wunderbarer Atelierrahmen. Soweit in Ordnung, unbeschädigt.«

Dann blickte er wieder auf. Seine Äugelchen zwinkerten hinter den dicken Gläsern seiner Brille. »Und warum fahren Sie es spazieren?«

Völlig überrascht angesichts der schnellen Auffassungsgabe des alten Mannes, den er eigentlich für komplett senil gehalten hatte, stammelte Herbie nur: »Verkaufen ... Ich wollte es Ihnen verkaufen.«

Der Alte kicherte. »Nein, junger Mann, ich fürchte, da muss ich Sie enttäuschen. Das ist völlig zwecklos. Ich sammle zwar Eifelgemälde, aber ich habe einen speziellen Geschmack. Dieser Degode mag ein schönes Stück sein, aber er passt nicht in meine Sammlung.« Er wandte sich um und wackelte zurück zu seinem Haus.

»Herr Wallraff hat mich geschickt«, versuchte Herbie verzweifelt einen weiteren Anlauf. »Ich kann Ihnen im Preis entgegenkommen!«

*Wie wäre es mit dreißig Silberlingen?*

»Mag sein«, lachte der Alte, ohne sich umzudrehen. »Ich habe trotzdem kein Interesse.« Er war gerade im Begriff, die Haustür zu schließen, als er es sich offensichtlich ganz plötzlich doch noch einmal anders überlegt hatte. »Kommen Sie mal rasch her, junger Mann!«, rief er und winkte mit dem Arm.

Herbie, der enttäuscht damit begonnen hatte, das Bild wieder zuzudecken, richtete sich auf, stieß sich den Kopf am geöffneten Kofferraumdeckel und lief hin. »Was gibt's?«, fragte er eifrig.

Im selben Augenblick, in dem er in den Hausflur hineinsprang, traf ihn etwas Schweres, Hartes am Hinterkopf. Er stellte gerade noch fest, dass der Flur ebenso kahl und nackt aussah, wie die Fassade des ganzen Hauses, bevor er zusammenbrach.

## Zweiundzwanzigstes Kapitel

Die kleinen Äuglein waren vor Schreck und Sorge weit aufgerissen. Herbie sah Goldkronen in den Mundwinkeln des alten Mannes, der sich tief über ihn gebeugt hatte. Er roch seinen schlechten Atem. Jetzt, so aus der Nähe betrachtet, sah man, dass er schlecht rasiert war.

*Naja, jetzt mal ganz ehrlich. So richtig taufrisch siehst du im Moment auch nicht gerade aus.* Jetzt schob sich auch das feiste Gesicht seines Freundes Julius in Herbies Blickfeld. Julius zog die Stirn kraus, was ein untrügliches Zeichen dafür war, dass er sich wirklich große Sorgen machte.

»Das durfte nicht passierten«, flüsterte Dr. Pfeiffer verstört.

Herbie lag auf dem Boden. Er spürte, wie ein Wassertropfen von seinem Nasenrücken rann. Aber über ihm war eine Zimmerdecke. Er erinnerte sich an den Regen. Was war an der Haustür mit ihm passiert?

Hinter Pfeiffer erkannte er eine weitere Person. Der junge Mann stand breitbeinig da, und in seiner Linken baumelte ein Eimer. Erst jetzt spürte Herbie, dass er auf einem kalten Kachelfußboden inmitten einer großen Wasserpfütze lag. Aus dem rechten Augenwinkel heraus erkannte er eine Tür, hinter der sich eine steinerne Treppe nach oben wand. Licht fiel von oben herein. Sie befanden sich in einem riesigen Keller.

Der Raum selber war nur indirekt beleuchtet. An den Wänden hingen in den Zentren der ovalen Lichtflecken kleiner Strahler Bilder neben Bildern. Nichts war in dem Raum, das den interessierten Betrachter irgendwie vom Anblick dieser Gemälde hätte ablenken können. Nichts, bis auf die Gestalten, die Herbie umrundeten.

»Woher kennst du Wallraff?«, fragte der Mann mit dem Eimer. Er sprach mit einem slawischem Akzent. »Los, sag.«

Herbie versuchte, sich auf den Ellenbogen abzustützen, um vom Boden hochzukommen. Er spürte, wie ein schneidender Schmerz mit Macht durch seinen Hinterkopf schoss und stöhnte laut auf.

»Ich kann das alles nicht verstehen, meine Herren«, sagte Dr. Pfeiffer kopfschüttelnd und erhob sich mühsam. Er rückte sich umständlich die Brille gerade. »Ich kann nicht dulden, dass Sie Ihre Streitigkeiten hier, bei mir im Hause ...«

»Nu ma ganz ruhisch!«, fuhr ihm eine weitere Stimme ins Wort. Herbie entdeckte jetzt auch den dritten Mann, der lässig zwischen zwei Bildern an der Wand im Halbdunkel lehnte und mit einem grässlichen Dialekt gestraft war. Es war ein dürrer Typ mit schlechten Zähnen, der sich lässig im Schritt kratzte und mit dem Zeigefinger auf einem der Bilderrahmen einen flotten Rhythmus klopfte.

»Kommen Sie da weg, bitte!«, rief Dr. Pfeiffer und fuchtelte mit dem ausgestreckten Zeigefinger in der Luft herum. »Sie ahnen ja überhaupt nicht, was all diese Bilder wert sind!«

Der Ausländer lachte spöttisch.

»Lachen Sie nicht, Sie ungewaschener Flegel. Das ist ein lang verschollenes Tryptichon, das von Wille seinerzeit für das Reichsarbeitslager in Dahlem geschaffen hat. Können Sie sich vorstellen, was diese Bilder bedeuten?« Er streckte beide Arme aus und rief: »Sie entweihen hier mein Allerheiligstes mit Ihren brutalen Methoden!«

»Die schrecken vor nichts zurück«, ächzte Herbie. »Wenn's ja nur die Bilder wären, mit denen die so umspringen, aber ...«

Der Eimer polterte mit einem Mal blechern in eine Ecke des Raumes, und der Ausländer packte Herbie am Kragen. Er riss ihn kraftvoll vom Boden hoch und starrte ihm drohend in die Augen. »Das Beste wird sein, dass du packst aus. Dann wir müssen dir nicht so weh tun.«

Julius legte den Kopf schief. *Ist das nicht mal ein faires Angebot?*

Der andere rief: »Mach mal den ›Prager Huckepack‹ mit ihm, Watzi!« Dann lachte er schmierig.

*Der Prager Huckepack? Das klingt nach einem lustigen Gesellschaftsspielchen.*

»Hören Sie um Gottes Willen auf!«, erzürnte sich der alte Mann und fasste nach der Schulter des Ausländers. Dieser stieß ihn heftig von sich und schüttelte Herbie, der kraftlos mit den Armen ruderte, wie ein Sofakissen. »Sag, was du weißt!«

»Ich sagte, Sie sollen aufhören! Sofort!« Im nächsten Moment schrie der alte Mann auf, weil der Ossi ihn brutal am Arm gepackt hatte.

»Ihr habt Wallraff umgebracht, stimmt's?«, stieß Herbie hervor.

Die beiden Männer sahen sich erschrocken an.

Auch die Reaktion des alten Mannes fiel nicht anders aus. »Umgebracht?« Er schnappte nach Luft. »Herr Wallraff ist tot? Und deshalb ist er heute nicht ... Mörder sind Sie! Hätte ich das gewusst ...!«

»Was dann?«, schrie Watzi. »Du wolltest doch haben das Bild, oder?« Er zeigte mit der freien Hand auf etwas Längliches, Großes, das zusammengerollt im Halbdunkel auf dem Boden lag. »Das wolltest du doch, oder nicht, alter Mann?«

»Ja, sicher«, stammelte der Alte. »Das ist wahr. Aber ich wollte doch auf keinen Fall, dass dafür ...« Er ging langsam, mit schleppenden Schritten zu dem Bündel und strich mit der Spitze seines linken Fußes vorsichtig über den rauen Rücken der Leinwand.

*Seltsam. Wenn man es so da liegen sieht, könnte man meinen, es sei nichts weiter als ein oller Teppich, nicht wahr?*

Julius ging näher heran und unterzog das zusammengerollte Bild einer eingehenden Betrachtung.

»Und was mach'n wer jetze?«, fragte der Kaugummi kauende Ossi.

Der Ausländer hatte plötzlich eine Pistole in der Hand und hielt Herbie die Mündung vor die Nase.

Die Stille wurde eisig. Die Pistole bewies, dass der Spaß nun ein Ende hatte.

Mit einem leisen Klicken, das wie ein Donnerhall durch den Raum schallte, entsicherte der Verbrecher seine Waffe.

In diesem Moment drehte sich Dr. Pfeiffer um. Sein Blick und der von Herbie trafen sich.

Herbie merkte, dass etwas in ihm vorging. Er sah, wie sich die Hände des alten Mannes verkrampften, wie er den Oberkörper anspannte, wie er die Beine ein wenig spreizte.

Ihre Blicke trennten sich nicht.

»Was starrst du?«, fragte Watzi wütend und riss den Kopf zu Dr. Pfeiffer herum.

Genau in diesem Moment packte der Alte mit einem Schwung, den ihm Herbie niemals zugetraut hätte, nach dem am Boden liegenden Eimer und schleuderte ihn gegen eines der Gemälde.

Julius sprang erschrocken zur Seite.

Das Bild, das sicherlich anderthalb Meter im Quadrat maß, wankte. Die kräftigen Farben, das frische Rot der Mohnblumen, die vielen unterschiedlichen Grüntöne der Eifel, die nie ein Maler so wiederzugeben vermocht hatte wie Fritz von Wille, wirbelten umeinander, die Bilderleuchte wurde vom Rahmen zur Seite gestoßen, warf einen tanzenden Lichtstrahl durch den Raum, und noch während das Bild nach vorne stürzte und auf dem Boden aufschlug, ertönte plötzlich ein durchdringendes metallisches Heulen, das fortwährend auf- und wieder abschwoll.

»Scheiße!«, schrie der Ossi. »Warum hast du d'n das gemacht, du alter Irrer?«

»Für einen Bilderdiebstahl werde ich gerade stehen. Aber nicht für einen Mord!«, schrie der Alte. Dann traf ihn eine Faust am Kinn, und er strauchelte rücklings gegen die Wand und brach zusammen.

Das Alarmsignal schallte schrill durch das ganze Haus. »Die Polizei!«, schrie der Ausländer. »Sie sicher wird alarmiert mit dieser Anlage!«

»Raus hier!«, schrie der Ossi und rannte die Treppe hinauf.

»Du kommst mit«, zischte es dicht neben Herbies Ohr. Dann wurde er nach vorne gestoßen und spürte den harten Lauf der Waffe zwischen seinen Schulterblättern.

Er taumelte die Treppenstufen hinauf und schrammte mit den Ellenbogen am rauen Putz der Wände entlang. Um sich herum nahm er kaum etwas wahr. Er spürte, wie ihm plötzlich frische, feuchte Luft entgegenschlug und hörte den anderen rufen: »Scheiße! Das Auto ... die Garage! Das dauert viel zu lang, Watzi!«

»Nimm das da!«, schrie Herbies Peiniger schrill und deutete mit der Waffe auf den roten Kombi, der einladend und mit offener Türe und offenem Kofferraum vor dem Eingang wartete.

Verstört erkannte Herbie, dass Julius sich bereits im Inneren des Fahrzeugs befand, als er, traktiert von heftigen Tritten und Schlägen, durch die offene Kofferraumklappe hineingestoßen wurde.

*So, mein teurer Freund, ich fürchte, die beiden Herren werden uns jetzt mal vorführen, dass diese Karre doch viel mehr hergibt, als du ihr bislang abgefordert hast.* Julius griff nach der Halteschlaufe.

## Dreiundzwanzigstes Kapitel

Der Ossi schwang sich auf den Fahrersitz, und der andere warf sich auf die Rückbank, ohne Herbie auch nur ein einziges Mal aus dem Schussfeld seiner Waffe zu entlassen.

Noch bevor die Türen endgültig geschlossen waren, schoss das Fahrzeug bereits nach vorne. Fontänen von Wasser spritzten an den Seiten auf, als die Räder bei dem ungestümen Wendemanöver, das der Ossi mit einer ruckartigen Drehung des Lenkrads vollführte, durch die Pfützen am Straßenrand fuhren.

Als sie an den ersten Häusern vorbei kurz vor dem eigentlichen Ortseingang die schmale Straße auf Üxheim zurasten, schrie der Dürre plötzlich auf. »Polizei! Isch werd verrückt! Wo kommen die d'n so schnell her?«

Mit einem weiteren Schlenker versuchte er eine erneute Wendung in einem Zug, was diesmal wegen der knappen Fahrbahn gründlich misslang. Er musste zurücksetzen, um die Drehung zu vervollständigen und knallte dabei mit dem Heck gegen die baumbestandene Böschung auf der rechten Straßenseite.

»Scheiße, fahr!«, schrie der Ausländer. »Verdammt, fahr endlich!« Er fuchtelte wild mit der Pistole herum und Herbie wurde von panischer Angst ergriffen, das Ding könne in all der Aufregung einfach losgehen.

Mit einem lauten Krachen stieß der Wagen ein zweites Mal gegen einen der Bäume.

Der Kofferraum sprang auf, und die Klappe schwang langsam nach oben.

Herbie warf Julius einen panischen Blick zu, registrierte sein Nicken, stieß sich mit den Füßen ab, rollte nach hinten, und purzelte aus dem Auto wie ein Sack Zement, der von der Ladefläche fällt. Er landete am Straßenrand, rollte kopfüber in nasses Gras, schrabbte mit dem Oberkörper durch eine Pfütze und knallte schließlich mit der Schulter gegen einen Baum.

Der Wagen schoss nach vorne. Die Räder drehten durch, und keine Sekunde später hielt zwei Handbreit vor Herbies Nase das Polizeifahrzeug.

»Komm rein!«, schrie der Fahrer, noch ehe Herbie auch nur einen Moment Zeit gefunden hatte, seine Schmerzen zu registrieren.

Er federte hoch, riss die Tür auf und ließ sich hinter den beiden Polizisten auf den Rücksitz fallen.

Als das Polizeiauto wieder Fahrt aufnahm, zog Herbie die Tür hinter sich ins Schloss. Er wischte sich den Schlamm aus dem Gesicht, seine Hand war voller Blut.

Auf dem Beifahrersitz erkannte er Willems. »Bist du okay?«, sagte dieser besorgt.

»Weiß nicht ...«

Willems blaffte etwas in das Funkgerät: »Einen Krankenwagen! Aber schnell! Wir haben hier einen Verletzten!« Er wollte gerade einhängen, als er noch rasch hinterherschickte: »Und wenn nicht bald die anderen hier sind, hauen die uns ab, habt ihr das kapiert?«

»Leg dich hin«, sagte Jörg Luxen vom Fahrersitz. Er steuerte den Wagen ruhig, mit äußerster Konzentration. Der Abstand zwischen den beiden Autos verringerte sich von Sekunde zu Sekunde. Er erlaubte sich keinen noch so kurzen Blick in den Rückspiegel.

Herbie verfolgte voller Spannung die Fahrt. Die Fichten flogen rechts und links der Straße als schwarze Schatten vorbei. Sie hatten das Haus des Kunstsammlers links liegen gelassen, dessen Haustüre immer noch weit offen stand. Herbie hatte nur einen kurzen Seitenblick dafür übriggehabt.

*Fein, dass du die rote Schrottkarre da vorne noch mal ordentlich vollgetankt hast, bevor wir hierher gefahren sind.* Julius hatte den Blick starr nach vorne gerichtet und vermittelte den Eindruck, als gucke er ein Endspiel im Fernsehen. *Ach nee! Sieh mal, was da kommt.*

Voller Entsetzen erkannte Herbie das Gemälde seiner Tante, das durch die offene Kofferraumklappe herausglitt und für den Bruchteil einer Sekunde in der Luft zu schweben schien. Als es auf der Straße aufschlug, wurde auch die Schnur sichtbar, die Herbie halb darum gewickelt hatte, als er im Begriff gewesen war, es wieder zu verpacken, und die sich jetzt offenbar irgendwo im Inneren des Autos verheddert haben musste. Das Bild wurde hinterhergeschleift und schlug immer wieder auf dem Asphalt auf. Die Leisten des Bilderrahmens sprangen in alle vier Himmelsrichtungen davon und die Leinwand zerflatterte in Fetzen – aber der Strick hielt.

»Verdammt!«, rief Willems. »War das das Gemälde, das ...«

»Nein«, sagte Herbie müde und klammerte sich an den Kopfstützen der beiden Vordersitze fest. »Keine Sorge. Völlig unbedeutend.« Ihm wurde übel. »Wieso wart ihr so schnell da? Wart ihr irgendwo in der Nähe?«

Willems verneinte. »Sollte heute eigentlich ein ruhiger Innendienst werden. Nach dem Polterabend gestern ...« Er rang sich ein knappes Lächeln ab. »Da hat uns einer aus Üxheim angerufen. Der hat zwei Bilderdiebe beobachtet«, sagte er. »Sind das die Zwei da vorne?«

Herbie bejahte. »Das Bild ist in Sicherheit. Der alte Kunstsammler hat es klauen lassen. Ich erzähl's euch später.«

Als der rote Wagen an einer Weggabelung rechts abbog, schrie Luxen hinter dem Steuer begeistert auf. »Da kommen sie nicht weit. Der Weg endet am Beuerhof. Wir haben sie, Uli! Gleich haben wir sie!«

Im Rückspiegel konnte Herbie das Gesicht des jungen Polizisten sehen. In die Augen von Jörg Luxen war ein fiebernder Glanz getreten.

»Na, schon Brötchen geholt, heute?«

Es dauerte einen Moment bis einer der beiden reagierte. »Was?«, fragte Willems. »Wie, Brötchen?«

Herbie blieb ganz ruhig. »Die Brötchen, die man in Gillenfeld bekommt. Die Laugenbrezeln extra. Kommt, Jungs, ihr wisst schon.«

Willems warf einen fragenden Blick zu seinem Kollegen hinüber. »Was meint der?«

»Erzähl's ihm, Jörg«, beharrte Herbie. »Die Brötchen, für die man nie und nimmer am Holzmaar vorbeifahren muss. Ich hab mir das mal angesehen. Die Straße führt da gar nicht vorbei.«

Willems fuhr herum. »Was erzählst du uns denn da für 'ne Scheiße? Wir sind hier in action, mein Freund.«

»Halt jetzt einfach deine Klappe! Wir sind einen kleinen Umweg gefahren«, stieß Jörg hervor: »Na, und?«

Aber Herbie ließ nicht locker. Er beobachtete aufgeregt Jörgs Gesicht. Das triumphierende Grinsen, das dieser noch vor wenigen Sekunden aufgesetzt hatte, verschwand. »Ist doch so, oder? Jörg? Wenn ich einen kenne, der wirklich davon profitiert hat, dass die Nati für immer die Augen zugemacht hat, dann doch wohl der Vater des Kindes, oder? Jörg?«

Der Kombi schoss auf den Bauernhof zu. Plötzlich blinkten die Bremsleuchten auf und der Wagen geriet ins Schlingern. Jörg hielt drauf.

»Karneval in Hillesheim. Eine schnelle Nummer mit Nati ... Heidewitzka. Die Verlobte erfährt ja nichts ... Hat sie dich erpresst?« Herbie leckte sich das Blut aus dem Mundwinkel. Er war sehr aufgeregt. Jörgs Wangenknochen arbeiteten. Seine Hände krampften sich um das Lenkrad.

»Halt deine dumme Schnauze!«, schrie Willems. »Das war doch ein Stück Dreck, verstehst du? Die wollte doch nur Kohle, verstehst du?« Und an Herbie gewandt, fuhr er fort: »Es war meine Idee am Holzmaar vorbeizufahren, verdammt!«

Jörgs Kopf ruckte nach rechts. Nur für einen Moment. Aber der Blick, den er seinem väterlichen Freund in diesem Augenblick zugeworfen hatte, sagte alles. Dann blickte er wieder geradeaus. Er stieg in die Eisen. Fast wären sie mit dem Kombi kollidiert, der ein Wendemanöver versuchte, und der Polizeiwagen wurde herumgerissen.

Aus der hinteren Türe des Kombis wurde der Ausländer herausgeschleudert. Der Kombi geriet in den Straßengraben, schlingerte zurück auf die Fahrbahn, der Ossi verlor die Kontrolle über das Gefährt. Es überschlug sich zweimal und blieb auf dem angrenzenden Feld liegen. Unter der Motorhaube quoll weißer Dampf hervor.

Das Polizeiauto stand quer zur Fahrbahn. Jörg starrte seinen Kollegen an, und Willems begann zu stottern. »Das war doch eine kleine Dreckschleuder, Junge! Die hätte dir doch alles versaut. Die Sonja ... Dein Job ... Das ist doch alles klasse, Mann.« Er schlug verzweifelt mit der Faust auf das Armaturenbrett, dass es krachte, und brüllte: »Du hast es doch endlich geschafft, Junge!«

In diesem Augenblick rappelte sich der Ausländer im Straßengraben auf. Als er auf den Knien war, erkannten sie, dass er in seiner Hand immer noch die Pistole hielt.

Willems warf Jörg Luxen einen verzweifelten Blick zu und stieß die Beifahrertür auf. Er riss seine Dienstwaffe nach vorne und brüllte: »Polizei! Waffe weg, sofort!«

Aber er war nervös. Viel zu nervös für diese Situation, der er in seinem langen Polizeidienst inmitten der ländlichen Idylle nur selten begegnet war. Er machte alles genau so, wie er es vor vielen Jahren gelernt hatte. Er war ein guter Polizist. Aber in ihm brach alles zusammen, er nahm das, was sich vor seinen Augen und vor dem Lauf seiner Waffe abspielte, nicht mehr richtig wahr. Er hatte versagt. Und jetzt versagte er wieder.

Ein Schuss zerfetzte die Stille. Willems wurde nach hinten geschleudert.

Im Schutz der Fahrertür warf Jörg sich aus dem Auto und schoss ebenfalls. Ohne Vorwarnung, schnell und präzise. Der Ausländer schrie auf, seine Waffe wurde durch die Luft geschleudert, und er brach zusammen.

Sofort waren sie bei Willems. Er war neben dem Polizeifahrzeug zusammengesunken. Er lehnte mit dem Rücken an der hinteren Tür. Sein Profil spiegelte sich im grünen Lack.

Jörg legte ihm die Hand auf die Wange, und für Herbie sah es unendlich zärtlich aus.

Willems schnappte mühsam nach Luft und presste die Hand vor den Magen. Zwischen seinen gespreizten Fingern quoll das Blut hervor.

Jörg blickte hilflos zu Herbie hinauf, der in sich zusammengesunken an ihrer Seite stand.

»Denk an deinen Vater«, sagte Willems stockend. »Du hast ihn vielleicht schon vergessen, aber das darfst du nicht. Denk immer dran, wie es war, zu Hause, mein Jung. Du bist raus aus dem Dreck.«

Jörg legte den Finger auf den Mund. »Schsch. Der Krankenwagen ist unterwegs.«

Willems versuchte ein Kichern. »Die sind so beschissen langsam. Bis dahin bin ich weg.«

Es folgte ein Moment der Stille, in dem sie hörten, wie Willems Atem rasselnd und immer flacher ging. »Das mit der Nati ist einfach so passiert«, sagte er plötzlich. »Hab sie beobachtet, wie der Alte sie abgeholt hat und wie sie zum Maar gefahren sind. Als sie im Wasser war, hab ich versucht ...« Ein heftiger Husten packte ihn plötzlich. Mit jeder konvulsivischen Zuckung seines Körpers quoll neues Blut aus der Wunde. »Mit ihm sprechen ... Er war so ein ... so ein armer Irrer. Ich hab ihn gestoßen. Nur gestoßen, verstehst du?«

Jörg begann zu weinen. Er schlug die Hand vor das Gesicht und schluchzte leise.

»... alter Schädel ... irgendwie ganz komisch gefallen, verstehst du. Und dann war ich so wütend. Ich habe dieses verdammte Weibsstück ... ich habe.«

Der Kopf des Polizisten sackte auf seine Brust, und es wurde still.

Herbie wandte sich ab. Er schluckte heftig und versuchte, gegen die Tränen anzukämpfen. Julius kratzte sich verlegen am Bart. Es gab Situationen, in denen Herbie seinem Freund unendlich dankbar war, dass er seine vorlaute Klappe hielt.

Als die anderen Streifenwagen und der Krankenwagen anrücken, kniete Jörg Luxen am Boden und hielt die Leiche seines Freundes fest umklammert. Sie schafften es erst zu zwei Mann, die beiden voneinander zu trennen.

# Epilog

Polizeihauptmeister Ulrich Willems wurde mit allen Ehren zu Grabe getragen, ohne dass jemals ein Mensch von dem erfuhr, was er angerichtet hatte.

Polizeimeister Jörg Luxen bekam eine Belobigung für seinen Einsatz bei den Ermittlungen um den Bilderdiebstahl im Kreishaus.

Den Leichen der beiden Gauner und des glücklosen Kunsthändlers wurde ein christliches Begräbnis zuteil, dem niemand beiwohnte.

Dr. Pfeiffer blickte einem langwierigen Prozess wegen Hehlerei entgegen, dessen Ausgang er wahrscheinlich nicht erleben würde.

Das Gemälde des Fritz von Wille kehrte in die Kreisverwaltung nach Daun zurück und wurde endlich renoviert.

Die beiden Damen Delamot befassten sich mit ihrem jeweiligen Erbteil auf genau die Art und Weise, die man von ihnen erwartete.

Herbie selbst hatte eine Weile überlegt, was er tun könne, um Tante Hettie milde zu stimmen. Irgendwann war er zu der bitteren Erkenntnis gelangt, dass das Einzige, was in dieser Richtung überhaupt irgendeinen Erfolg versprach, eine Entfernung seiner eigenen Person aus ihrem Dunstkreis war.

Er war froh, eine andere Ecke der weitläufigen Eifel kennen gelernt zu haben, als die, die ihm bislang eine Heimat gewesen war. Er hätte sich selbstverständlich andere Umstände gewünscht.

Großmütig hatte er beschlossen, Tante Hettie das Tischfußballspiel als Ersatz für ein verloren gegangenes altes Bild kampflos zu überlassen.

Gemeinsam mit Julius begab er sich auf Wohnungssuche in einem Ort namens Hillesheim, der ihm ausreichend weit entfernt schien, der aber doch nicht auf einem anderen Planeten lag, sodass er die alten Brücken nicht hinter sich abbrechen musste.

Er telefonierte mit seiner Cousine Nina, die ihm viel Glück wünschte. Als er das erwiderte, meinte er es sehr ernst damit.

Um seine Wohnung in Bad Münstereifel war es ihm nicht schade. Den Bauarbeitern hatte er zum Abschied eine Kiste Bier in die Wohnung gestellt, allerdings nicht, ohne sie vorher restlos leer zu trinken.

Von seinem Freund Köbes hörte er eine ganze Weile nichts. Irgendwann stellte er aber erfreut fest, dass Köbes offensichtlich wieder mit polizeilicher Erlaubnis im Besitz seines Handys war, denn die Mailbox verkündete, dass er »nur ganz kurz nicht zu erreichen sei, aber bald zurückrufen werde«.

Also hinterließ Herbie eine Nachricht auf Band, die beinhaltete, dass er sich freuen würde, nach all diesen Turbulenzen ein Wiedersehen mit Köbes, mit Harald und Theo zu feiern. Julius verschwieg er dabei, was diesen arg verärgerte, aber bedauerlicherweise doch nicht vertrieb.

Herbie hatte ein hübsches Café in dem kleinen Örtchen Kerpen entdeckt, wo er an einem strahlenden Sommertag, mit einer Zeitung und dem unvermeidlichen Julius bewaffnet, auf der Freiterrasse saß und sich ein köstliches Eifeler Landbier schmecken ließ.

*Was meinst du wohl, hat deine Tante gemeint, als sie am Telefon sagte, sie habe Anzeige wegen Bilderdiebstahls erstattet und eine exakte Beschreibung des gemeinen Diebs abgegeben?*

Herbie antwortete nur aus dem Mundwinkel, sodass die anderen Gäste es nicht sehen konnten: »Sie wird einen großen, fetten, bärtigen Herrn in Tweedjacke beschrieben haben, der pausenlos vor sich hinbrabbelt, als habe er einen unsichtbaren Begleiter neben sich hergehen.« Er begann leise zu kichern und ein Pärchen am Nebentisch blickte herüber.

In diesem Moment hielt das Auto von Theo und Harald vor dem Kleinen Landcafé. Mit Sonnenbrillen bestückt, sahen die beiden aus wie die Blues-Brothers. Herbie winkte ihnen fröhlich zu.

Als sie einander herzlich begrüßten, kam die Inhaberin des Cafés an den Tisch. Eine zierliche Person namens Thea, die Herbie gemeinsam mit ihrem Mann Günther sofort in sein großes Herz geschlossen hatte.

»Entschuldigung«, sagte sie zaghaft. »Sie sind doch der Herr Feldmann?« Als Herbie verdutzt bejahte, sagte sie, es gebe einen Telefonanruf für ihn, und er folgte ihr überrascht ins Innere des Cafés.

»Nun, er ist weder besonders gut angezogen, noch besonders verkommen«, sagte Theo grinsend.

»Er ist einfach besonders Herbie«, konstatierte Harald, sagte: »Prost Julius!« und trank Herbies Bier aus.

Als ihr Gastgeber kurze Zeit später wiederkehrte, waren die Getränke schon an den Tisch gebracht worden. Herbie hatte eine zerknirschte Miene aufgesetzt. »Schöne Grüße von Köbes. Er hat sich bitter beschwert, weil ich ihm nicht geholfen habe, als er in der Klemme steckte. Das muss man sich mal vorstellen.« Er blinzelte in die Sonne, ließ sich in seinen Stuhl fallen und zuckte zusammen, als der Schmerz ihm durch die Glieder fuhr. Die Blessuren, die er bei seinem jüngsten Abenteuer davongetragen hatte, waren längst noch nicht verheilt.

»Unglaublich! Und deshalb kommt er nicht?«, fragte Theo. Herbie schüttelte den Kopf. »Nicht deswegen. Er hat keine

Zeit. Er lobte Ulrike in den höchsten Tönen, die ihn angeblich aus dem Knast rausgeboxt hat. Die beiden sind jetzt wieder ein Paar, und Ulrike hat ihren Job in der Klinik geschmissen. Naja, und jetzt verbringen die beiden wieder sieben Tage und sieben Nächte in der Kiste. Ihr kennt das doch. Das ist doch immer so. Im Hintergrund lief die Musik zu ›Vom Winde verweht‹. Volles Rohr.«

»Auf Rhett Köbes und Uli O'Hara!«, rief Harald. »Das Traumpaar!«

*Auf alle Spinner dieser Eifel!*

**Ende**

# Danksagung

Mein Dank an

Klaus Follmann aus Hillesheim
F. A. Heinen aus Schleiden
HaPe Hoffmann aus Hillesheim
Dr. Conrad-Peter Joist aus Kuchenheim
Kalle Schneider aus Daun

und dem Förderverein »Maler der Eifel e.V.«
weiterhin viel Erfolg!

KBV-KRIMI

Ralf Kramp

**Tief unterm Laub**

KBV-Krimi Nr. 11
Taschenbuch, 256 Seiten
ISBN 3-934638-11-2

Ein alter Mann wird überfahren. Nur ein Unfall? Einige Zeit später kommt sein ehemaliger Zivi beim Sturz aus dem Fenster seiner Dachwohnung ums Leben. Selbstmord? Laurentius Bock, Besitzer eines kleinen Copy-Shops, wird unfreiwillig in den rätselhaften Fall hineingezogen. Zusammen mit Lindy, der Freundin des jungen Mannes, versucht er, die Hintergründe der seltsamen Geschehnisse aufzudecken. Die Spur führt in die Eifel, doch auch hier ist die Welt nicht mehr in Ordnung, und das schon seit vielen, vielen Jahren.

*»... Wirklich gelungen ... Brillant ... Sehr gut!«*
*(Jacques Berndorf)*

*»Kramps brillanter Krimi fesselt bis zur letzten Seite.«*
*(Das neue Buch / Buchprofile)*

Ralf Kramp

**Der neunte Tod**

KBV-Krimi Nr. 44
Taschenbuch, 256 Seiten
ISBN 3-934638-44-9

Herbie Feldmanns dritter Fall. Er hütet das protzige Haus seiner Tante, und sein ständiger Begleiter Julius ahnt bereits Böses, als Herbie in jener kalten Winternacht einem Obdachlosen Asyl gewährt. Und er behält Recht. Tante Hettis Kostbarkeiten werden bei Nacht und Nebel gestohlen, und Herbie hat seine liebe Mühe, die teuren Stücke wiederzubeschaffen. Das kann er nur, wenn er den Landstreicher auftreibt. Der nennt sich »Mikesch«, wie der Kater, und glaubt, ebenso wie der, neun Leben zu haben und auch neun Tode. Und ganz plötzlich, auf schreckliche Weise, kommt schließlich auch der neunte ...

*»... der lokale Meister des schwarzen Humors.«*
*(Kölner Stadt-Anzeiger)*

Ralf Kramp

**Still und starr**

KBV-Krimi Nr. 51
Taschenbuch, 185 Seiten
ISBN 3-934638-51-1

Marcus Mathei kehrt zurück. Aus seiner gescheiterten Ehe heraus flüchtet er in ein kleines Nest in der Eifel, kehrt zurück an die Stätte seiner Jugend. Dort sucht er Ablenkung vom drohenden Scheidungsdesaster, Erholung von der Stadt und Ruhe von seinem nervenaufreibenden Job in der Werbeagentur, der auf der Kippe steht.
Doch als er in das Dorf zurückkehrt, in dem sich sein Vater, der Dorfarzt, vor Jahren das Leben nahm, wird es nicht nur eine Reise in seine eigene Jugend auf dem Land.
Alles deutet darauf hin, dass mit seiner Rückkehr auch der Tod Einzug in das Dorf hält. Die übel zugerichtete Leiche eines Bahnarbeiters wird gefunden, und es sieht ganz so aus, als würde dies nicht der einzige Tote bleiben.